dtv

Georg Christoph Lichtenberg (1742–1799) gehörte zu den wenigen Menschen, die man zurecht als Universalgenie bezeichnen kann. Von Beruf Professor für Mathematik und Physik in Göttingen, wurde er zum unübertroffenen philosophischen Fabulierer, zum deutschen Aphoristiker schlechthin.
›Pfennigs-Wahrheiten‹ aus dem Universum seiner Aphorismen und längeren Prosatexte laden ein, Lichtenberg kennenzulernen: den Meister des präzisen Aperçus, den optimistischen Zweifler, den spöttischen Kommentator, der mit einer ganzen »Milchstraße von Einfällen« über Gott und Welt, sich selbst und andere aufwartet.
Man darf von diesem mutigen Selbstdenker, der schon Schopenhauer und Nietzsche begeisterte, weder Regeln noch System erwarten, immer aber Geist und Witz, Anregung und Ermunterung zur eigenen Reflexion: »Laß dich nicht anstecken, gib keines anderen Meinung, ehe du sie dir passend gefunden, für deine aus; meine lieber selbst.« Und noch einen seiner selbstbewußten Ratschläge sollte der Leser beherzigen: »Wer zwei Paar Hosen hat, mache eins zu Geld und schaffe sich dieses Buch an.«

Rainer Baasner, Jahrgang 1955, ist Professor für neuere deutsche Literaturwissenschaft an der Universität Rostock. Er verfaßte zahlreiche Bücher über die Literatur des 18./19. Jahrhunderts.

Georg Christoph Lichtenberg

Pfennigs-Wahrheiten

Ein Brevier von Rainer Baasner

Deutscher Taschenbuch Verlag

Originalausgabe
Mai 1992
3. Auflage Februar 1999
Deutscher Taschenbuch Verlag GmbH & Co. KG,
München

Umschlagkonzept: Balk & Brumshagen
Umschlagbild: Horst Janssen, Hamburg
(Aus: Mit Georg Christoph Lichtenberg
Gerhard Steidl Verlag, Göttingen 1988)
Satz: IBV Satz- und Datentechnik, Berlin
Druck und Bindung: C. H. Beck'sche Buchdruckerei,
Nördlingen
Gedruckt auf säurefreiem, chlorfrei gebleichtem Papier
Printed in Germany · ISBN 3-423-12681-7

INHALT

»Pfennigs-Wahrheiten«: Über sich selbst und andere

Schmierbuch-Methode bestens zu empfehlen. Keine Wendung, keinen Ausdruck unaufgeschrieben zu lassen. Reichtum erwirbt man sich auch durch Ersparung der Pfennigs-Wahrheiten.

Exzerpten-Buch Sparbüchse.

Die Kaufleute haben ihr Waste book (Sudelbuch, Klitterbuch glaube ich im Deutschen), darin tragen sie von Tag zu Tag alles ein was sie verkaufen und kaufen, alles durch einander ohne Ordnung, aus diesem wird es in das Journal getragen, wo alles mehr systematisch steht, und endlich kommt es in den Leidger at double entrance nach der italiänischen Art buchzuhalten. In diesem wird mit jedem Mann besonders abgerechnet und zwar erst als Debitor und dann als Creditor gegenüber. Dieses verdient von den Gelehrten nachgeahmt zu werden. Erst ein Buch worin ich alles einschreibe, so wie ich es sehe oder wie es mir meine Gedanken eingeben, alsdann kann dieses wieder in ein anderes getragen werden, wo die Materien mehr abgesondert und geordnet sind, und der Leidger könnte dann die Verbindung und die daraus fließende Erläuterung der Sache in einem ordentlichen Ausdruck enthalten.

Ein guter Ausdruck ist so viel wert als ein guter Gedanke, weil es fast unmöglich ist sich gut auszudrücken ohne das Ausgedrückte von einer guten Seite zu zeigen.

Es gibt keine wichtigere Lebens-Regel in der Welt, als die: halte dich, so viel du kannst, zu Leuten, die geschickter sind als du, aber doch nicht so sehr unterschieden sind, daß du sie nicht begreifst. Das Erheben wird deinem Ehrgeiz durch Instinkt leichter werden, als dem allzugroßen das Herablassen aus kalter Entschließung.

Indem man durch die Gewalt des Nachdenkens so wenig und [durch] Genie alles herausbringt, so scheint es der Himmel habe sich die große Erfindung unmittelbar vorbehalten.

Während man über geheime Sünden öffentlich schreibt, habe ich mir vorgenommen, über öffentliche Sünden heimlich zu schreiben.

Seit der Erfindung der Schreibekunst haben die *Bitten* viel von ihrer Kraft verloren, die *Befehle* hingegen gewonnen. Das ist eine böse Bilanz. Geschriebene Bitten sind leichter abgeschlagen, und geschriebene Befehle leichter gegeben, als mündliche. Zu beiden ist ein Herz erforderlich, das oft fehlt, wenn der Mund der Sprecher sein soll.

Man soll alle Menschen gewöhnen von Kindheit an in *große* Bücher zu schreiben, alle ihre Exercitia, in hartes Schweinsleder gebunden. Da sich kein Gesetz daraus machen läßt, so muß man Eltern darum bitten, wenigstens mit Kindern, die zum Studieren bestimmt sind. Wenn man jetzt Newtons Schreibbücher hätte! Wenn ich einen Sohn hätte, so müßte er gar kein Papier unter Händen bekommen, als eingebundenes, zerrisse er es, oder besudelte er es, so würde ich mit väterlicher Dinte dabei schreiben: dieses hat mein Sohn anno ⋆ den ⋆ten besudelt. Man läßt den Körper und [die] Seele, das Punctum saliens der Maschine fortwachsen und verschweigt und vergißt es. Die Schönheit wandelt auf den Straßen, warum sollten nicht in dem Familien-Archiv die Produkte, oder vielmehr die Signaturen der Fortschritte des Geistes hinterlegt bleiben, und der Wachstum dort *eben so sichtbar* aufbewahrt liegen können? Der Rand müßte gebrochen werden, und auf einer Seite immer die Umstände und zwar sehr unparteiisch geschrieben werden. Was für ein Vergnügen würde es mir sein, jetzt meine Schreibbücher alle zu übersehen! Seine eigne Naturgeschichte!

Nachdem die Welt schon so lange gestanden hat, scheint es fast unnötig am Menschen weiter zu künsteln. Man lasse die Kinder so viel als möglich tun, *halte sie immer zu älteren als sie selbst sind.* Schwätze ihnen nicht viel von großen Männern vor, sondern halte sie womöglich an andere zu übertreffen. Wer immer angehalten wird, seine Spiel-Kamraden zu übertreffen, der wird im 40ten alle seine Kollegen übertreffen.

Aus dem Blöken des Kindes ist Sprache so geworden, wie aus dem Feigenblatt ein französisches Gala-Kleid.

Über nichts wünschte ich mehr die geheimen Stimmen denkender Köpfe gesammelt zu lesen, als über die Materie von der Seele. Die lauten öffentlichen verlange ich nicht, die weiß ich schon. Allein die gehören nicht sowohl in eine Psychologie als in eine Statuten-Sammlung. Was wird noch aus diesem Geschlecht werden ehe es vergeht? Die Welt kann leicht noch 1 Million Jahre so fort rollen wie bisher, und da wären 5000 Jahr grade was $1/4$ Jahr in dem Leben eines Menschen von 50 ist, kaum $1/12$ unsrer Universitäts-Zeit. Was habe ich das letzte Viertel-Jahr getan? Gegessen, getrunken, elektrisiert, Kalender gemacht, über eine junge Katze gelacht, mit kleinen Mädchen gespielt, und so sind 5000 Jahr dieser kleinen Welt hingelaufen die *Ich* bin pp.

Vom Wahrsagen läßt sichs wohl leben in der Welt, aber nicht vom Wahrheit sagen.

Was hilft alles Schließen aus Erfahrung? ich leugne nicht, daß es zuweilen eintrifft. Aber fehlt es nicht auch eben so oft? und ist das nicht was ich sagen wollte? Glücksspiel.

Er kann sich einen ganzen Tag in einer warmen Vorstellung sonnen.

Wenn die Menschen plötzlich tugendhaft würden, so müßten viele Tausende verhungern.

Wenn man nun einmal in der Welt anfangen wollte, das bloß Nötige zu tun, so müßten Millionen Hungers sterben.

Da man beim Frieden das Te Deum laudamus anstimmt, so wäre doch nichts natürlicher als [wenn man] beim Anfang des Krieges das Te Diabolum (damnamus) anstimmte (besser). Wäre es nicht eines Dichters würdig ein Te diabolum zu dichten, und eines Musikers zu komponieren?

Die Täfelchen von Chocolade und Arsenik worauf die Gesetze geschrieben sind.

So sagt man jemand bekleide ein Amt, wenn er von dem Amt bekleidet wird.

Der Mann hat recht, sollte man sagen, aber nicht nach den Gesetzen, die man sich in der Welt einstimmig auferlegt hat.

Man [kann] die Gespenster in antique und moderne abteilen, die letzteren sind meistens nachgemachtes Zeug.

Die Leute, die niemals Zeit haben, tun am wenigsten.

Es waren eigentlich nur 2 Personen in der Welt, die er mit Wärme liebte, die eine war jedesmal sein größter Schmeichler, und die andere war er selbst.

Wie leicht Eigenliebe, ohne daß wir es merken, die Triebfeder mancher uns von derselben ganz independent scheinenden Handlung sei, können wir daraus sehen, daß Leute das Geld lieben können als Geld ob sie gleich nie Gebrauch davon machen.

In den Worten *Vox populi vox Dei* steckt mehr Weisheit, als man heut zu Tage in vier Worte zu stecken pflegt.

Man muß sich die Menschen nach ihrer Art verbindlich machen nicht nach der unserigen.

Der schwächste aller Menschen ist der Wollüstling, der nach dem Leibe sowohl als der nach dem Geist, ich meine der Hurer und der Betbruder, der der mit Mädchen und der mit Religion hurt. Gott bewahre alle Menschen vor einem so hurenden Könige und Minister. Und Gott behüte einen solchen König und Minister vor vernünftigen Untertanen.

O ich kenne die Leute allzu wohl, die aus gedemütigtem Stolz oder blinder Hitze immer eine Meile über oder unter der Wahrheit nisten.

Man kann würklich nicht wissen ob man nicht jetzt im Tollhaus sitzt.

Zweifel muß nichts weiter sein als Wachsamkeit, sonst kann er gefährlich werden.

Der Mensch hat auch einen Trieb zum Wohl von andern unabhängig von dem *perfice te*, klingt just als wenn ein Professor Philosophiae den Menschen gemacht hätte, mehr charmant als wahr.

Habe keine zu künstliche Idee vom Menschen, sondern urteile natürlich von ihm, halte ihn weder für zu gut noch zu böse.

Aufklärung in allen Ständen besteht eigentlich in *richtigen Begriffen von unsern wesentlichen Bedürfnissen*.

Ich verlange keine Schonung, werde auch jedem, der mich mit Unrecht angreift, ohne Schonung begegnen, er sei wer er wolle. Freiheit zu denken und für die Wahrheit zu schreiben und ungestraft, das ist ein Vorzug des Orts den Georg beherrscht und auf dem Münchhausens Segen ruht. Ein Tor ist ein Tor, darf man hier laut sagen, er liege an Ketten oder werde angebetet.

Gib meinen guten Entschlüssen Kraft, ist eine Bitte, die im Vaterunser stehen könnte.

Ein Grab ist doch immer die beste Befestigung wider die Stürme des Schicksals.

Wovon das Herz *nicht* voll ist, davon geht der Mund über, habe ich öfters wahr gefunden, als den entgegengesetzten Satz.

Kluge Leute glauben zu machen man sei, was man nicht ist, ist in den meisten Fällen schwerer als würklich zu werden, was man scheinen will.

Es gibt Leute, die glauben, alles wäre vernünftig, was man mit einem ernsthaften Gesicht tut.

Wie gehts, sagte ein Blinder zu einem Lahmen. Wie Sie sehen, antwortete der Lahme.

Das Kompliment, sind Sie gestern glücklich nach Haus gekommen? zeigt noch von unsern ehmaligen Sitten und Steinpflaster.

Es regnet allemal wenns Jahrmarkt ist, oder wenn wir Wäsche trocknen wollen, was wir suchen ist immer in der letzten Tasche in die wir die Hand stecken.

Er pflegte sich und seinen Kindern so viel circenses zu geben, daß es endlich beiden am pane zu fehlen anfing.

Es wäre besser solche Leute legten sich ins Bett als daß sie solches Zeug schwätzen.

Nicht Größe des Geistes sondern des Windes hat ihn zu dem Manne gemacht.

Wenn ein Buch und ein Kopf zusammenstoßen und es klingt hohl, ist das allemal im Buch?

Sie fühlen mit dem Kopf und denken mit dem Herzen.

Der Mensch ist vielleicht halb Geist und halb Materie, so wie der Polype halb Pflanze und halb Tier. Auf der Grenze liegen immer die seltsamsten Geschöpfe.

Sagt, ist noch ein Land außer Deutschland, wo man die Nase eher rümpfen lernt als putzen?

Die Suppe schmeckte so abscheulich, daß, um zu glauben, es sei auf eine Vergiftung abgesehen, man nur nötig gehabt hätte, ein großer General oder ein König zu sein.

Sie haben genieset, gezischt, gehustet und noch 2 Arten von Lärm gemacht wozu wir im Deutschen keine Wörter haben.

Größe. Elefant, Rhinozeros, Hippopotamus, Kamel, der Auerochs, – Maus.

protokollieren, prodekollieren.

Polizei, Polzei, Plotzei, Platzei, Platzerei, Plackei, Plackerei.

Apostel, Apostille, Postille.

Als ich in meinem Schimpfwörter-Buch nachsah, so fand ich kein passenderes als das arabische Dreck auf deinen Bart.

Er war zwar etwas unpoliert, aber würklich ein rechter Zebra unter den Eseln, oder unter seiner Gesellschaft.

Er wunderte sich, daß den Katzen gerade an der Stelle zwei Löcher in den Pelz geschnitten wären, wo sie die Augen hätten.

Es hatten sich eben ein Paar Fliegen in meinem Ohr gepaart.

Es regnete so stark, daß alle Schweine rein und alle Menschen dreckig wurden.

Alle Tugend aus Vorsatz taugt nicht viel. Gefühl oder Gewohnheit ist das Ding.

Ein Gelübde zu tun ist eine größere Sünde, als es zu brechen.

Man muß keinem Menschen trauen, der bei seinen Versicherungen die Hand auf das Herz legt.

Ein Vater schloß einen Brief an seinen Sohn: *Wenn du nicht gleich nach Hause kommst, so soll dich der Henker holen: Gott befohlen.*

Daß das Genie eine Art von Krankheit ist hat Herr Unzer so vortrefflich in seinem Arzt bewiesen, daß es jemanden grauen sollte sich diese gefährlichste der Nerven-Krankheiten zu wünschen, und die beneidenswürdigste Nation unter dem Monde, ich meine die englische hat dieses auch erkannt, denn einer ihrer berühmtesten Naturforscher, der große Hill hat einen Tee erfunden, der das Nachdenken vertreibt, ein sicherer Beweis daß dieser große Geist das Nachdenken für eine Schwachheit gehalten hat.

Ich habe das Register der Krankheiten angesehn, und habe die Sorgen und traurige Vorstellungen nicht darunter gefunden, das ist sehr unrecht.

Ich habe die Hypochondrie studiert, mich so recht darauf gelegt.

Meine Hypochondrie ist eigentlich eine Fertigkeit aus jedem Vorfalle des Lebens, er mag Namen haben wie er will, die größtmögliche Quantität Gift zu eigenem Gebrauch auszusaugen.

Wenn ich nur einen rechten Entschluß fassen könnte gesund zu sein! valere aude statt sapere aude.

Unser Leben kann man mit einem Wintertag vergleichen, wir werden zwischen 12 und 1 des Nachts geboren, es wird 8 Uhr ehe es Tag wird, und vor 4 des Nachmittages wird es wieder dunkel, und um 12 sterben.

Er hustete so hohl, daß man in jedem Laut den doppelten Resonanz-Boden Brust und Sarg mitzuhören glaubte.

Die gesundesten und schönsten, regelmäßigst gebauten Leute sind die, die sich alles gefallen lassen. Sobald einer ein Gebrechen hat, so hat er seine eigne Meinung.

Mein Körper ist derjenige Teil der Welt, den meine Gedanken verändern können. Sogar *eingebildete* Krankheiten können würkliche werden. In der übrigen Welt können meine Hypothesen die Ordnung der Dinge nicht stören.

Der Januarius ist der Monat, da man seinen guten Freunden Wünsche darbringt, die übrigen die, worin sie nicht erfüllt werden.

Alle unsere besten Gedanken haben wir in einer Art von Fieber-Rausch, im Fieber von Kaffee erregt.

Daß die wichtigsten Dinge durch Röhren getan werden. Beweise erstlich die Zeugungsglieder, die Schreibfeder und unser Schießgewehr, ja was ist der Mensch anders als ein verworrnes Bündel Röhren?

Wir nehmen Dinge wahr vermöge unsrer Sinnlichkeit. Aber was wir wahrnehmen sind nicht die Dinge selbst, das Auge schafft das Licht und das Ohr die Töne. Sie sind außer uns nichts. Wir leihen ihnen dieses. Eben so ist es mit dem Raume, und der Zeit. Auch wenn wir die Existenz Gottes nicht fühlen, beweisen können wir sie nicht. Alle diese Dinge führen auf eines hinaus. Es ist aber nicht möglich sich hiervon ohne tiefes Denken zu überzeugen. Man kann Kantische Philosophie in gewissen Jahren glaube ich eben so wenig lernen als das Seiltanzen.

Wenn sie auf dem Leihhause Menschen annähmen, so möchte ich wohl wissen wie viel ich auf mich geborgt bekäme. So sind die Schuldtürme eigentlich Leihhäuser, in welchen man nicht sowohl auf Meubeln, als auf die Besitzer selbst Geld leiht.

Ich habe durch mein ganzes Leben gefunden, daß sich der Charakter eines Menschen aus nichts so sicher erkennen läßt, wenn alle Mittel fehlen, als aus einem Scherz, den er übel nimmt.

Charakter einer mir bekannten Person

Ihr Körper ist so beschaffen, daß ihn auch ein schlechter Zeichner im Dunkeln besser zeichnen würde, und stünde es in ihrem Vermögen, ihn zu ändern, so würde sie manchen Teilen weniger Relief geben. Mit seiner Gesundheit ist dieser Mensch, ohnerachtet sie nicht die beste ist, doch noch immer so ziemlich zufrieden gewesen, er hat die Gabe, sich gesunde Tage zu Nutze zu machen, in einem hohen Grade. Seine Einbildungskraft, seine treuste Gefährtin verläßt ihn alsdann nie, er steht hinter dem Fenster den Kopf zwischen die zwo Hände gestützt, und wenn der

Vorbeigehende nichts als den melancholischen Kopfhenker sieht, so tut er sich oft das stille Bekenntnis, daß er im Vergnügen wieder ausgeschweift hat. Er hat nur wenige Freunde, eigentlich ist sein Herz nur immer für einen Gegenwärtigen, aber für mehrere Abwesende offen, seine Gefälligkeit macht daß viele glauben er sei ihr Freund, er dient ihnen auch aus Ehrgeiz, Menschenliebe, aber nicht aus dem Trieb der ihn zum Dienst seiner eigentlichen Freunde treibt. Geliebt hat er nur ein oder zweimal, das einemal nicht unglücklich, das anderemal aber glücklich, er gewann *bloß* durch Munterkeit und Leichtsinn ein gutes Herz, worüber er nun oft beide vergißt, wird aber Munterkeit und Leichtsinn beständig als Eigenschaften seiner Seele verehren, die ihm die vergnügtesten Stunden seines Lebens verschafft haben, und könnte er sich noch ein Leben und noch eine Seele wählen, so wüßte ich nicht ob er andere wählen würde, wenn er die seinigen noch einmal wieder haben könnte. Von der Religion hat er als Knabe schon sehr frei gedacht, nie aber eine Ehre darin gesucht ein Freigeist zu sein, aber auch keine darin, alles ohne Ausnahme zu glauben. Er kann mit Inbrunst beten und hat nie den 90ten Psalm ohne ein erhabenes, unbeschreibliches Gefühl lesen können, *Ehe denn die Berge werden* pp ist für ihn unendlich mehr als: *Sing unsterbliche Seele* pp. Er weiß nicht was er mehr haßt, junge Offiziers oder junge Prediger, mit keinen von beiden könnte er lange leben. Für Assembleen sind sein Körper und seine Kleider *selten* gut, und seine Gesinnungen selten... genug gewesen. Höher als drei Gerichte des Mittags und zwei des Abends mit etwas Wein, und niedriger als täglich Kartuffeln, Äpfel, Brod und auch etwas Wein, hofft er nie zu kommen, in beiden Fällen würde er unglücklich sein, er ist noch allzeit krank geworden, wenn er einige Tage außer diesen Grenzen gelebt hat. Lesen und Schreiben ist für ihn so nötig als Essen und Trinken, er hofft es wird ihm nie an Büchern fehlen. An den Tod denkt er sehr oft und nie mit Abscheu, er wünscht daß er an alles mit so vieler Gelassenheit denken könnte, und hofft sein Schöpfer wird dereinst sanft ein Leben von ihm abfordern, von dem er zwar kein allzu ökonomischer, aber doch kein ruchloser Besitzer war.

☆ ☆

»höchst subtile Dummköpfe«:
Zur Republik der Gelehrten

Es ist fast unmöglich, die Fackel der Wahrheit durch ein Gedränge zu tragen, ohne jemandem den Bart zu sengen.

Der Weisheit erster Schritt ist: Alles anzuklagen, Der letzte: sich mit Allem zu vertragen.

Die Hypothesen einiger Neuern laufen noch nicht gegen die Erfahrung, aber ich fürchte die Erfahrungen werden einmal gegen *sie* laufen.

Er hatte ein paar Stückchen auf der Metaphysik spielen gelernt.

Bei wachender Gelehrsamkeit und schlafendem Menschen-Verstand ausgeheckt.

Der Mann hatte so viel Verstand, daß er fast zu nichts mehr in der Welt zu gebrauchen war.

Wenn unsere jetzt im Schwang gehende registerartige Gelehrsamkeit nicht bald zu ihrem Winterstillstand kommt, so ist allerdings viel zu befürchten. Der Mensch lebt allein um sein und seines Mitmenschen Wohl so sehr zu befördern als es seine Kräfte und seine Lage erlauben. Hierin kürzer zu seinem Endzweck zu gelangen nützt er die Versuche seiner Vorfahren. Er studiert. Ohne jene Absicht studieren, bloß um sagen zu können was andere getan haben, das heißt die letzte der Wissenschaften, solche Leute sind so wenig eigentliche Gelehrte, als Register Bücher sind. Nicht bloß wissen, sondern auch für die Nachwelt tun was die Vorwelt für uns getan hat, heißt ein Mensch sein. Soll ich um nichts noch einmal zu erfinden, was schon erfunden ist, mein Leben über der Gelehrten-Geschichte zubringen? Sagt man ja Dinge vorsätzlich 2 mal, und man nimmt es einem nicht übel, wenn nur die Einkleidung neu ist. Hast du selbst gedacht, so wird deine Erfindung einer schon erfundenen Sache gewiß allemal das Zeichen des Eigentümlichen an sich tragen.

Ich glaube, daß einige der größten Geister, die je gelebt haben, nicht halb so viel gelesen hatten, und bei weitem nicht so viel wußten, als manche unserer mittelmäßigen Gelehrten. Und mancher unserer sehr mittelmäßigen Gelehrten hätte ein größerer Mann werden können, wenn er nicht so viel gelesen hätte.

Leute, die dieses nicht verstehen, nicht verstehen wollen und nicht könnten wenn sie wollten, höchst subtile Dummköpfe, die mit einem großen Aufwand von Gelehrsamkeit und gelehrten Maschinen keine Haselnuß zerbrechen können.

Wenn sie Rechtsgelehrte sind, so haben sie sehr subtile Einfälle in den Winkelgen des Ganzen das darüber verloren geht, und sprechen viel von der schönen Jurisprudenz weil sie zur häßlichen zu faul sind.

Der Theologe spricht viel von arabischer Literatur, die ihm zu nichts nützt. Verstand und Menschenkenntnis sollte er haben.

Als Mediziner erklärt er anstatt daß er beobachten sollte.

Als Mathematiker spricht er von Ausdehnung der Metalle und des Papiers wo man mit den Füßen noch nicht in Richtigkeit ist. Kurz das Mücken-Seigen und Kamele-Verschlucken, Ausdrücke statt Gedanken geben, Witz statt Vernunft, ist das Kriterium eines schwachen Kopfs in allen Ständen.

Ein Mittel sich Ruhm zu erwerben ist, wenn man [mit] einer gewissen Zuversicht in eine dunkle unbekannte Materie hineingeht, wohin es niemand der Mühe wertachtet einem zu folgen, und darüber mit *scheinbarem* Zusammenhang räsoniert.

Man hätte immerweg denken und leben können ohne sich um die Art unsres Denkens und wie es zugehe zu bekümmern, gewiß hat man erst über Dinge außer uns philosophiert, bis endlich einer dieses Mikroskop auch auf sich selbst richtete. Wie geht es zu daß wir denken? fragte sich einer, der Neugierde und Beobachtungs-Geist besaß; nicht jeder Mensch, o Millionen von Menschen, manchen Professor, der die Psychologie erklärt, selbst nicht ausgenommen, würden nie eine solche Frage getan haben. Wie viele Menschen fragen heutzutage: warum fällt alles nach der Erde? Die Kraft, die das tut und die Euler so wenig kennt als Rudolph von Bellinkhaus, ist so notwendig zu unserer zeitlichen Glückseligkeit, als immer die uns denken machende zur ewigen. Die Würkungen der ersten haben viele Geistern zugeschrieben, ich habe aber nicht Kenntnis der Geschichte der menschlichen Torheiten genug dazu, um zu wissen ob je ein ehrgeiziger Religionsstifter die Versöhnung dieser Geister an die notwendigen Pflichten der Menschen angereihet hat, und durch deren Unterlassung es einmal dahin kommen könnte, daß unsre nicht mehr schwere Hülle durch die Himmel zerstiebe. Aus der Hypothese, daß es ein Geist sei, was in uns denkt, hat man erstaunliche Folgen gezogen und die Religionsstifter andere Meinungen, die nicht unmittelbar aus der Hypothese folgen, daran gehängt, und so stützt sie nunmehr die Gesellschaft so wie jene Kraft die Veste des Himmels.

Dieses Gebäude ist zu groß, als daß ein menschlicher Plan zum Grund liegen kann, ich wollte eher glauben, daß die Zeugung eine menschliche Erfindung sei. Hier ist Gott. Aber der, der uns durch die größte sinnliche Wollust zur Fortpflanzung zog, der kann uns durch eingepflanzte Andacht zu einem bloß zeitlichen Wohl zusammenziehen; aber hieße das nicht betrogen? Uns scheint es Betrug.

Über einen Kirschen-Kern voll Materie läßt sich ein Himten voll Bücher schreiben, oder über eine Kubik-Linie lose Materie läßt sich eine gepreßte Kubik-Rute Dissertation schreiben. Ich glaube daß die Dinte die man verschrieben hat um zu beweisen daß – – – hinreichend gewesen wäre, dem einfältigen Kometen von anno 74 einen bessern Schwanz zu machen als er würklich hatte. Wie viel Millionen von Monaden, woraus vielleicht die Natur einmal ein Mädgen gebaut hätte, müssen sich in einen dummen Bogen von Papier zusammen tun um eine Lüge oder eine Wahrheit, die nicht viel besser ist, einer denkenden Monade begreiflich zu machen, die besser in einem Lumpen oder Bogen Papier... Wenn man seine beiden Augen zuschließt und den Arm und Zeige-Finger ausstreckt und so grad fort geht bis man anstößt, so wird man selten auf etwas stoßen worüber man nicht ein 8" Bändgen schreiben könnte.

Leute die sehr viel gelesen haben machen selten große Entdeckungen. Ich sage dieses nicht zur Entschuldigung der Faulheit, denn Erfinden setzt eine weitläuftige Selbstbetrachtung der Dinge voraus, man muß mehr sehen als sich sagen lassen.

Er trieb einen kleinen Finsternis-Handel.

Über das Gleichgewicht der Wissenschaften in Deutschland. Anrede eines Deutschen an seine Landes-Leute.

Ich trette unter euch auf, meine teuersten Landesleute, mit einem Eifer für die Ehre unseres Vaterlandes, dem ich unmöglich länger widerstehen kann. Ich weiß, unsere Republik ist eine freie Republik, und wir gehorchen den Ratschlüssen von Berlin, Halle und Göttingen nur alsdann wenn sie dem natürlichen Maß des Schönen und Richtigen das der beste Teil von uns in sich trägt gemäß ausgefertigt sind, und verehren sie nur insoferne als sie Auslegungen der Vorschriften der Natur sind, die wir allein für unsere Führerin erkennen. So wenig ich also von meiner Seite bei einer solchen Überzeugung die Absicht haben kann euch zu lehren oder Gesetze vorzuschreiben, so gewiß bin ich auch überzeugt, daß ihr von der eurigen verzeihen werdet, daß ich euch meine Gedanken über den jetzigen Zustand unserer Literatur mit einiger Freiheit vortrage. Ohnerachtet ich überzeugt bin, daß jeder Mensch mit seinem Eintritt auf diese Welt zugleich das Recht bekommt, zu sagen wie sie ihm aussieht, ich meine frei Sitz und Stimme in dem Rat über Irrtum und Wahrheit, ja ohneracht dieses gleichsam seine Schuldigkeit ist, so lange er sich nicht selbst belügt, oder der Sklave der Gesinnungen eines andern ist, ohneracht, sage ich, es mit unter eure Pflichten gehört diejenigen zu hören, die Vorschläge zum Besten der Republik tun; so will ich euch doch zuvor sagen, wer ich bin, wie meine Hauptgesinnungen beschaffen sind, um diejenigen, die wichtigere Dinge zu tun haben, als die Klagen eines Mitbürgers anzuhören, so bald als möglich aus der Unentschlossenheit zu ziehen, in welcher sie sich vielleicht befinden werden, ob sie diese Rede anhören sollen oder nicht.

Mancher Mann quält sich seine Lebenszeit, studiert sich frigid und impotent über der Entwickelung der Meinung eines Schriftstellers. Ich gebe es zu, es war eine Lebenszeit nötig das System des Mannes zu entwickeln, es vom Schmutz schmieriger Ausbesserer zu reinigen, das ist alles wahr, aber es erforderte nur viertelstündiges helles Wachen gesunder Vernunft einzusehen daß die ganze Historie keine 3 Groschen wert war.

Es gibt keine Art von Gelehrsamkeit, und keine Art literärischer Beschäftigung, die man nicht mit irgend einem Handwerk oder sonst einer Handarbeit vergleichen könnte. Wir haben im Reiche der Gelehrsamkeit Wegeverbesserer, ein sehr nützliches Geschäfte, das wenig einbringt; Sklaven, die mit blutigem Schweiß Zucker pressen und sieden, den andere Leute verschmausen; Leute, die griechische Münzen einschmelzen, um modernes Zeug daraus zu gießen; Gassenreiniger; Bettelvögte; Ausrufer; Bader, die sich für Wundärzte ausgeben, u. a. m. Allein ich habe nie eine Gattung finden können, die so viel mit dem Kesselflicker gemein hätte, als die Leute, die unter dem Schein, ein nützliches Handwerk zu treiben, herumziehen, um die Leute zu betriegen und zu bestehlen.

Ja über alles seine Meinung [sagen] mit so vielen Zusätzen von Neuem als möglich; ohne dieses wird aus allem nichts nur hüte dich vor dem Drucken-Lassen. Nicht bloß stilles Nachdenken sondern auch Aufschreiben erleichtert den Ausdruck sehr, sondern verschafft auch die Gabe selbst dem Auswendiggelernten eine Farbe des eignen Denkens zu geben.

Neue Blicke durch die alten Löcher.

Wenn ich nun auf einen neuen Gedanken, auf eine Theorie gekommen bin, allemal zu fragen: Ist denn das auch würklich so neu als du glaubst. Dieses ist auch überhaupt die beste Erinnerung nichts in der Welt anzustaunen.

Das Wort Schwierigkeit muß gar nicht für einen Menschen von Geist als existent gedacht werden. Weg damit!

Es ist gewiß etwas sehr Charakteristisches in dem Deutschen ein paar Erfahrungen sogleich in ein System zu ordnen, dieses tut der Engländer nicht. Nichts hindert den Fortgang der Wissenschaft mehr, wie schon Baco und hundert andere gesagt haben.

Es ist in vielen Dingen eine schlimme Sache um die Gewohnheit. Sie macht, daß man Unrecht für Recht, und Irrtum für Wahrheit hält.

Der oft unüberlegten Hochachtung gegen alte Gesetze, alte Gebräuche und alte Religion hat man alles Übel in der Welt zu danken.

Man spricht viel von Aufklärung, und wünscht mehr Licht. Mein Gott was hilft aber alles Licht, wenn die Leute entweder keine Augen haben, oder die, die sie haben, vorsätzlich verschließen?

Wie ist es am besten anzufangen die brauchbarsten Wahrheiten sich immer gegenwärtig zu machen, und ihre Summe zu vermehren. Z. E. Ich weiß eine Menge von Dingen, sie sind mir aber nicht geläufig und fallen mir beim Disputieren nicht ein. Wie ist diese Absenz zu verbessern.

Wenn man die meisten Gelehrten ansieht, nichts verrichten sie an sich als daß sie sich die Nägel und Federn schneiden. Ihre Haare lassen sie sich durch andere in Ordnung legen, ihre Kleidung durch andere machen, ihre Speise durch andre bereiten, dafür daß sie das Wetter in ihrem Kopfe beobachten.

Man macht jetzt so junge Doktoren, daß Doktor und Magister fast zur Würde der Taufnamen gediehen sind. Auch bekommen die, denen diese Würden erteilt werden, sie oft wie die Taufnamen, ohne zu wissen *wie*.

Wenn ich die Genealogie der Dame Wissenschaft recht kenne, so ist die Unwissenheit ihre ältere Schwester, und [ist] denn das etwas so Himmelschreiendes die ältere Schwester zu nehmen wenn einem die jüngere auch zu Befehl steht? Von allen denen,die sie gekannt haben, habe ich gehört, daß die älteste ihre eigne Reize habe, daß sie ein fettes gutes Mädchen sei, die eben deswegen, weil sie mehr schläft als wacht, eine vortreffliche Gattin abgibt.

Jetzt sucht man überall Weisheit auszubreiten, wer weiß, ob es nicht in ein paar hundert Jahren Universitäten gibt, die alte Unwissenheit wieder herzustellen.

Aus dem jetzigen Zustand der Gelehrsamkeit da sich Nützlichkeit, Gründlichkeit und Tändelei wie 1, 3 und 5 verhalten gleich einen Verfall der Wissenschaften schließen wollen heißt die Sache mit gar zu mikroskopischen Augen ansehen, dieses Zickzack wird im allgemeinen doch nur ein steter Weg, ob er zur Aufnahme oder zum Verfall führt läßt sich so geschwind nicht beurteilen. 50 Jahre Kleinmeisterei und Tändelei nehmen sich für das lebende Zeitalter traurig aus, im ganzen sind sie unmerkliche Krümmungen in dem großen Zug, wenn man nahe ist, so sieht es aus als böge er sich zurück. Wenn ein Volk sich einmal aus der edlen Einfalt in das mehr Schimmernde verloren hat, so geht wie ich glaube der Weg zurück nach der Einfalt durch das höchst affektierte Neue das mit dem Ekel endigt.

Daß es wahr ist, das hätte nichts zu bedeuten, allein die Leute glaubens, das ist den Teufel.

Der Mann machte sehr viel Wind. B. O nein! wenn es noch Wind gewesen wäre, es war aber mehr ein wehendes Vakuum.

Er wurde toll, eine ewige Warnung für die Klugen.

Nach einem dreißigjährigen Krieg mit sich selbst kam es endlich zu einem Vergleich, aber die Zeit war verloren.

Wenn er philosophiert, so wirft er gewöhnlich ein angenehmes Mondlicht über die Gegenstände, das im ganzen gefällt, aber nicht einen einzigen Gegenstand deutlich zeigt.

Vernunft und Einbildungskraft haben bei ihm in einer sehr unglücklichen Ehe gelebt.

Zwei Absichten muß man bei der Lektüre beständig vor Augen haben, wenn sie vernünftig sein soll. Einmal die Sachen zu behalten und sie mit seinem System zu vereinigen, und dann vornehmlich, sich die Art eigen zu machen, wie jene Leute die Sachen angesehen haben, das ist die Ursache warum man jedermann warnen soll keine Bücher von Stümpern zu lesen, zumal wenn sie ihre Räsonnements einmischen, man kann Sachen aus ihren Kompilationen lernen, allein was einem Philosophen eben so wichtig, wo nicht wichtiger ist, seiner Denkungs-Art eine gute Form zu geben lernt er nicht.

Es gibt 100 Witzige gegen einen der Verstand hat, ist ein wahrer Satz, womit sich mancher witzlose Dummkopf beruhigt, der bedenken sollte, wenn das nicht zuviel von einem Dummkopf gefordert heißt, daß es wieder 100 Leute, die weder Witz noch Verstand haben, gegen einen gebe, der Witz hat.

Wenn ich dieses Buch nicht geschrieben hätte, so würde heute über 1000 Jahre abends zwischen 6 und 7 z.E. in mancher Stadt in Deutschland von ganzen andern Dingen gesprochen worden sein, als würklich gesprochen werden wird. Hätte ich zu Vardöhus einen Kirschkern in die See geworfen, so hätte der Tropfen Seewasser den Myn Heer am Kap von der Nase wischt nicht gnau an dem Ort gesessen.

In der Republik der Gelehrten will jeder herrschen, es gibt da keine Aldermänner, das ist übel, jeder General muß so zu reden den Plan entwerfen, Schildwache stehen und die Wachtstube fegen, und Wasser holen, es will keiner dem andern in die Hände arbeiten.

Begriffe und Sachen zusammen zu bringen, die selten zusammenkommen, oder die gemeinen mit ungewöhnlicher Aufmerksamkeit und Beobachtungs-Geist anzusehen kann einen auf einen Gedanken leiten.

Das heißt recht Eulen nach Athen oder Compendia nach Göttingen tragen.

Die Dogmatik, die fruchtbare und gütige Mutter der Polemik.

☆ ☆

»Sein Dintenfaß«: Bedenkliches aus der Bücherwelt

Wer zwei Paar Hosen hat, mache eins zu Geld und schaffe sich dieses Buch an.

Indem ich jetzt die Feder ansetze fühle ich mich so voll, meinem Gegenstand so gewachsen, sehe mein Buch in dem Keim so deutlich vor mir, daß ich es fast versuchen mögte mit einem einzigen Wort auszusprechen.

Bei manchem Werk eines berühmten Mannes mögte ich lieber lesen was er weggestrichen hat, als was er hat stehen lassen.

Den Mann nenne ich groß, der viel gedacht und gelesen und erfahren hat, und der alles was er gedacht gelesen und erfahren hat bei jeder Sache die er unternimmt also auch bei jedem Buch das er schreibt vereint zum besten Zweck anzuwenden weiß, alles so anschaulich darzustellen, daß jeder sehen muß was er selbst gesehen hat.

Bei einem kleinen Werkchen denke ich immer, das ist nur ein Späh-Büchelchen, wodurch er Ankergrund für ein größeres suchen läßt.

Es ist für die Vervollkommnung unseres Geistes gefährlich, Beifall durch Werke zu erhalten, die nicht unsere ganze Kraft erfordern. Man steht alsdann gewöhnlich stille. Rochefoucauld glaubt daher, es habe noch nie ein Mensch alles das getan, was er habe tun können; ich halte dafür, daß dieses größtenteils wahr ist. Jede menschliche Seele hat eine Portion Indolenz, wodurch sie geneigt wird, das vorzüglich zu tun, was ihr leicht wird.

Es ist eine große Frage, wodurch in der Welt mehr ist ausgerichtet worden: durch das gründlich Gesagte, oder durch das bloß schön Gesagte. Etwas zugleich sehr gründlich und sehr schön zu sagen, ist schwer; wenigstens wird in dem Augenblick, da die Schönheit empfunden wird, die Gründlichkeit nicht ganz erkannt. Man tadelt das seichte Geschwätz, das jetzt in Frankreich in politischen Dingen gedruckt wird. Ich glaube, dieser Tadel ist selbst etwas seicht, und zeigt, daß bloß das System, aber nicht die Kenntnis menschlicher Natur die Feder geführt hat. Denn diese Bücher werden ja nicht für das Menschengeschlecht und die abstrakte Vernunft geschrieben, sondern für konkrete Menschen von einer gewissen Partei; und erreichen gewiß *ihren Zweck* sicherer, als alle Werke, die für den abstrakten Menschen berechnet sind, den es noch nicht gegeben hat, und nie geben wird.

Beiträge zu Rabeners Wörterbuch

Aber ist ein kleines, aber bei der heutiges Tages so sehr florierenden Medisance unentbehrliches Wörtgen. Mancher sieht sich oft in den Fall gesetzt, in einem Stücke einem Menschen Gerechtigkeit widerfahren zu lassen, dessen Lob sonst ein Dekokt von Ipecacuanha für ihn ist. Doch um den Beifall etwas zu modifizieren, weiß er die schlechte Seite mit der gerühmten durch ein geschickt angebrachtes *Aber* sehr gut zu verbinden. Es gibt Leute, und ich habe deren mehrere gekannt, die niemanden loben, noch nicht einmal jemanden loben hören konnten, ohne das Lob auf eine witzige Art zu glossieren; und solche Herren oder Damen würden sich nun freilich in einer mitleidenswürdigen Verlegenheit befunden haben, oder noch befinden, wenn es kein *Aber* gäbe. Und nun wollen wir uns einmal eine Gesellschaft von Titulär-Hofräten und Sekretären, Damen, die vom gefälligen Herrn Gemahl von allen Haushaltsgeschäften dispensiert und auf Pension gesetzt sind, von Prälaten, die das Arbeiten im Weinberge andern überlassen, und sich nur die Früchte vorbehalten, von Schwestern, deren Mund zur Liebe des Nächsten, Beförderung seiner Bekehrung, nie stille steht, vorstellen. Was sollten diese Leute vor langer Weile anfangen, wenn ein abwesender Kosmopolit, oder Nicht-Kosmopolit, durch seine Fehler und Gebrechen, die er als Mensch, oder weniger als Mensch, an sich hat, keinen Stoff zur Vertreibung der Zeit hergäbe? Und lange Weile ist ja für ein Wesen, wie ein Mensch, das denken kann, und zuweilen würklich denkt, etwas Entsetzliches, etwas Unausstehliches. Spielen könnten sie ja wohl, Whist, Trisett und Besset oder wie das Ding sonst heißt? *Aber da behüte uns Gott vor*, höre ich die Dame rufen, die heute Assemblee hält, und die stets weiß oder schwarz gekleidet gehet, deren Besuchzimmer voll Psalter und geistlicher Lieder liegt, und in deren Schlafkammer die Gedichte des Herrn von Grécourt und die Gedichte à la mode de Grécourt in schwarzem Korduan-Bande mit Gold auf dem Schnitte hinter dem Vorhange stehen.

Nun wie gefiel Ihnen gestern Herr X.? fing Madame an, er soll der ordentlichste rechtschaffenste Mann sein; – *aber* letzthin wollte jemand einen Menschen von seiner Statur in ein gewisses Haus hinein- und aus demselben mit einer Frauensperson wieder heraus spät über den Kirchhof haben gehen sehen. Man muß zwar von jedem Menschen das Beste denken und reden; aber das kann niemand anders gewesen sein, als er. Der Pastor Z. predigt sehr gut, nimmt sich seiner Gemeinde sorgfältig an, besucht Patienten sehr gerne, – *aber* (warf der Herr Sekretär mit einer vielbedeutenden Miene ein) Patientinnen noch lieber. Frau Y. ist ein rechtes Muster von Tugend und ehelicher Treue, sie verläßt das Bette ihres kränkelnden Mannes nie; – *aber* wohl – fiel der Herr Abt ins Wort – wenn er schläft und ihr Doktor da ist. Der Herr Rat R. ist ohne Zweifel einer der geschicktesten und arbeitsamsten Beisitzer, die wir zu C. haben; – *aber* – rief ein suspendierter Richter hinterm Ofen – vorgestern will jemand um Mitternacht in aller Stille ein Faß Wein vor seiner Tür haben abladen hören. Die Frau von P. muß sehr edel und großmütig sein, kein Bettler geht unbefriedigt vor ihrer Tür vorbei; – *aber* – setzte der Herr Kanonikus H. hinzu – sie hält, wenn ihr Herr Gemahl krank oder verreist ist, sich einen Kaplan von 24 Jahren, dem sie – jedoch nur aus bloßer Menschenliebe – ein besonderes Stipendium gibt, und mit welchem sie sich oft in ihr Betzimmer einschließt, um – Sachen vom strengsten Geheimnisse mit einander abzutun. Herr G. ist eben so freigebig, – *aber* die Leute sagen, er täte es aus Gewissens-Angst, weil er das meiste von seinem Vermögen seinen Geschwistern bei der Teilung gestohlen habe –

Dies letzte *Aber* war nun ein bißgen ziemlich grob – allein sind jene feineren *Aber* christlicher, menschenfreundlicher? –

Unsere besten Ausdrücke werden veralten, schon manches Wort ist jetzo niedrig, was ehmals eine kühne Metapher war. Es ist also gewissermaßen der Dauer eines Werks zuträglich wenn man etwas neu im Stil tut, doch so, daß die Nachahmung schwer ist, es kann nicht so leicht veraltern.

Der fast Lessingische Ausdruck, der dem Gedanken sitzt wie angegossen.

Ihr müßt nicht lachen, daß ich euch diesen Rat in einem Büchelchen gebe das nur drei Groschen kostet, es wäre mir ein leichtes gewesen, es zu zwölf Groschen auszuarbeiten, ohne daß ihr einen Pfenning mehr an Gehalt profitiert hättet. Ich weiß zwar Worte machen Bücher, so wie Kleider Leute, aber dieses hindert nicht daß nicht ein guter Wuchs im Fries-Rock gefallen sollte.

Vorstellungen sind auch ein Leben und eine Welt.

Mit der Feder in der Hand habe ich, mit gutem Erfolg, Schanzen erstiegen, von denen andere mit Schwert und Bannstrahl bewaffnet zurückgeschlagen worden sind.

Es ist kein sicherer Weg sich einen Namen zu machen, als wenn man über Dinge schreibt, die einen Anschein von Wichtigkeit haben, die sich aber nicht leicht ein vernünftiger Mann die Zeit nimmt zu untersuchen.

Arschwische mit Motto's.

Vorschlag zu einem Orbis pictus

Ich glaube gleich beim Eingang zu diesem Aufsatz ohne weiteren Beweis annehmen zu dürfen, daß die Seichtigkeit der Schauspiel- sowohl als Romanen-Dichter unter uns, zu einer Größe gediehen ist, bei der sie sich mit dem Kredit, den sie findet, nur bei einem Publikum erhalten kann, das sich jetzt über gewisse Prachtphrases, Mode-Bilder und Mode-Empfindungen verglichen, und dahin vereint zu haben scheint, den Wert oder Unwert einer Schrift bloß nach dem Grade der Näherung an jenes Konventions-System zu bestimmen. Die Gabe das Kapital von Bemerkungen über den Menschen zu vergrößern und eigne Empfindungen mit dem verständlichsten individualisierenden Ausdruck zu Buch zu bringen und dadurch auch noch Männer zu unterhalten, die jenes System nicht kennen, und mehr als transzendente Setzer-Künste von einem Schriftsteller verlangen, scheint von Tag zu Tag mehr zu erlöschen.
Und was Wunder? die hellsten Köpfe unserer Nation, Leute von Welt und Erfahrung lesen nun, nachdem sie sich so viel

hundertmal betrogen gefunden haben, die neuen Produkte dieser Art gar nicht mehr, und die Beurteilung, Anpreisung und Vergötterung derselben ist größtenteils in den Händen von Ex-Primanern, die jenen Werken ihre erste Form sowohl als nachherige Ausbildung zu danken haben, und von Leuten, die die Welt so wenig kennen, als die Welt sie. Das Makulatur von heute rühmt das Makulatur von gestern, und Pfefferdutten-Kredit gründet sich auf Pfefferdutten-Lob. Steht irgend einmal ein Kenner in einem Journal oder einer Zeitung, die in höheren Wissenschaften Kredit hat, auf, und redet die Wahrheit, so nennt es die Menge in stolzer Bequemlichkeit, Intrigue der Stechbahne oder gelehrte Pedanterei oder altkluge laudes temporis acti. Vox populi heißt auch hier vox Dei und Buchhändler-Absatz der Maßstab für innern Wert. Es hat sich nämlich in unsere Schauspiele sowohl als Romane und Gedichte (ich rede hier von der bei weitem größeren Anzahl) eine gewisse Gradus ad Parnassum-Methode eingeschlichen, eine schlaue den Ohren der Zeit angepaßte Logodädalie und Versetzungs-Kunst des tausendmal Gesagten, die die Lesegesellschaften in Erstaunen setzen, aber jeden wahrhaften Kenner des Menschen mit unbeschreiblichem Unwillen erfüllen.
Hierzu trägt wohl freilich die Leichtigkeit, womit wir im 20ten Jahr schon so vielerlei Kenntnisse sammeln können, nicht wenig bei. Durch die Gewohnheit immer süße Lehre leicht zu empfangen, erschlappt bei den meisten das Talent selbst zu suchen. Sie sehen daher in allen Dingen gemeiniglich nur, was sie schon wissen. Empfehlung vertritt die Stelle von eigner Prüfung, Nachschlagen von Nachdenken und Ansehen die von Würdigkeit. Unglückseliger Weise sind die Werke, worin der moralische Mensch, oder nur gewisse Seiten desselben gut entwickelt liegen, so äußerst selten, und weil auch bei den wenigen noch scharfe Beobachtung seiner selbst und Zusammenhaltung mit sich selbst nötig ist, und die Stelle der Zeichnungen vertreten muß, so werden sie so äußerst selten gelesen und verstanden, daß ihr Einfluß auf unsere jungen schönen Geister nur sehr gering ist.

Man schreibt daher leichter Romane aus Romanen, Schauspiele aus Schauspielen und Gedichte aus Gedichten, ohne im Stand zu sein oder auch nur den Willen zu haben, die Zeichnung endlich einmal wieder mit der Natur zusammen zu halten. Törigt affektierte Sonderbarkeit in dieser Methode wird das Kriterium von Originalität, und das sicherste Zeichen, daß man einen Kopf habe, dieses, wenn man sich des Tags ein paarmal darauf stellt.

Aber das ist bei weitem noch nicht alles. Man liest nicht allein Bücher mit Vergnügen, die von Kenntnis leeren Köpfen herrühren, sondern man rühmt sogar an ihnen den Mangel an reellen Kenntnissen, oder doch an Büchern. Das ist alles mögliche. Ich weiß hierauf nichts zu erwidern, als daß eben dieser Mangel Ursache ist, warum die wenigsten von Leuten gelesen werden, und werden können, die etwas mehr sind als Faulenzer wie sie, Unwissende wie sie, und Kraft-Barden wie sie.

Für die Leiden und Freuden und Tollheiten des jungen Werthers dancke ich Dir vielmals. Ist es wahr, daß sich ein junger Herr von Lütichow über das Buch erschossen hat, das mag mir ein rechter Herr von Lütichow gewesen seyn. Ich glaube, der Geruch eines Pfannkuchens ist ein stärckerer Bewegungs Grund in der Welt zu bleiben, als alle die mächtig gemeinten Schlüsse des jungen Werthers sind aus derselben zu gehen.

Ein Buch ist ein Spiegel, wenn ein Affe hineinguckt, so kann freilich kein Apostel heraus sehen. Wir haben keine Worte mit dem Dummen von Weisheit zu sprechen. Der ist schon weise der den Weisen versteht.

Das Werkchen ist bei aller seiner Dicke so leer, daß man es fast für kein Buch, sondern für ein Futteral halten sollte. Charteke so viel als Chartae Theca.

Bücher werden aus Büchern geschrieben, unsere Dichter werden meistenteils Dichter durch Dichter-Lesen. Gelehrte sollten sich mehr darauf legen Empfindungen und Beobachtungen zu Buch zu bringen.

Heutzutage machen drei Pointen und eine Lüge einen Schriftsteller.

Der Mangel an Ideen macht unsere Poesie jetzt so verächtlich. Erfindet wenn ihr wollt gelesen sein. Wer Henker wird nicht gern etwas Neues lesen?

Seine Bücher waren alle sehr nett, sie hatten auch sonst wenig zu tun.

Es ist ein Glück, daß die Gedanken-Leerheit keine solche Folge hat, wie die Luftleerheit, sonst würden manche Köpfe, die sich an die Lesung von Werken wagen, die sie nicht verstehen, zusammengedrückt werden.

Und gesetzt ein junger Mensch, der einen Trieb in sich verspürt ein Originalkopf zu werden, schreibt uns eine Romanze oder eine Ballade oder so etwas, wobei jedem vernünftigen Mann die Augen aus Mitleiden über das unglückliche junge Genie übergehen, hat man deswegen gleich Ursache, ein Langes und Breites davon zu machen und sich anzustoßen, zuzuwispern und zuzugicklen und so laut heimlich zu tun, als wenn der Pabst mit Zwillingen niedergekommen wäre? Wenn jemand schlecht schreibt, gut, so laßt ihn schreiben. Sich in einen Ochsen verwandeln ist noch lange kein Selbstmord.

Die Leute die den Reim für das Wichtigste in der Poesie halten, betrachten die Verse wie Ochsen-Käufer von hinten.

Bei vielen Menschen ist das Verse-Machen eine Entwicklungs-Krankheit des menschlichen Geistes.

Oden, wenn man sie liest, so gehen einem mit Respekt zu sagen Nasenlöcher und Zehen auseinander.

Wir hätten jetzt in Deutschland allein an die 2000 Original-Köpfe. Nun was ist denn? Ist es etwa einem Lande eine Schande viele Original-Köpfe zu haben? Nein damit ihrs wißt, wir haben über 10000. Ehmals, setzen sie mit einem Satyr-Gesicht hinzu, ehmals in den dummen Zeiten des alten Griechenlands und Roms zählt man kaum 3 in 100 Jahren. Freilich höchst ungereimt wenn man annimmt, daß die Alten uns in allem überlegen waren, allein nichts ist leichter zu erklären, so bald man annimmt daß unsere Zeiten viele tausendmal erleuchteter sind als jene. Ja ich will am Ende ein Mittel bekannt machen, wie jeder Mensch gleichsam spielend originell schreiben könne, ja wie er sogar wenn er nicht Zeit hat seine Frau es für sich kann tun lassen.

Er las so sehr gerne, wie er sagte, Abhandlungen vom Genie, weil er sich immer stark darnach fühlte.

Gabs'm wollt's n't fress'n. Siehst's Genie? wies in Wolken webt? Ob d's Genie siehst? Wenn d's nit siehst host d'n Nosen nicht 's Genie z'riechen.

Was mir an unseren Definitionen vom Genie nicht gefällt, ist, daß so gar nichts vom jüngsten Tag darin vorkommt, nichts vom Hallen durch die Ewigkeit und nichts von den Fußtritten des Allmächtigen.

Die Leute sagen immer, was der Mann originell schreibt, mir kommt der Stil nichts weniger als selten vor; es ist die Schreib-Art aller Leute, die mehr sagen wollen, als sie wissen, und welche eben deswegen der Menge gefällt, weil sie ihr glauben macht sie verstünde Dinge, von denen sie kein Wort weiß.

Er schreibt, daß selbst den Engeln der Verstand stille steht.

Wenn sich unsere jungen Leute gewöhnten gegen 3 Gedichtchen für das Herz nur eins für den Kopf zu machen, so hätten wir Hoffnung einmal im Alter einen Mann zu sehen der Herz und Kopf hätte, die seltenste Erscheinung. Die meisten haben selten mehr Licht im Kopf als grade nötig ist zu sehen, daß sie nichts darin haben.

Empfindsam zu schreiben, dazu ist mehr nötig als Tränen und Mondschein.

Daß man so schreiben könne, daß jeder etwas in einem Werk findet vom Schüler bis zum Philosophen und dem Weltmanne hinauf, darf ich wohl nicht erweisen, die Natur macht alle ihre Werke so, allein der Mann der das tun will muß kein einseitiger Tropf sein. Er muß reich genug sein an Bemerkungen, eine hinzuwerfen auch wo er nicht gewiß ist ob sie gleich gefunden werden wird, und Goldstücke hinzugeben mit einer Miene, aus der sich gar nichts auf den Gehalt schließen läßt: und nicht wie unsere Prächtigen, rote Heller mit einer Majestät zurück schmeißen, daß, wer bloß die Miene sieht denken sollte es wären Goldstücke. Unserer kritischen Jugend sind dieses noch Geheimnisse. Vorpredigen hilft hier schlechterdings nichts. Es kommt nicht auf den Beweis von ein paar Sätzen an: die warme Jugend muß vernünftiger werden.

Allein bis die Zeit kommt, da die Jugend selbst in die Werkstätten gehen kann, so sehe ich nicht ein wie man ihnen leichter nützliche Begriffe beibringen könne, als durch den Weg eines *Orbis pictus*. Nämlich durch ein Buch, worin man ihnen allerlei Bemerkungen über den Menschen vorsagte und vorzeichnete, wodurch sie, wenn sie doch ohne die Werkstätten besucht zu haben fortschreiben wollen, (und dieses unterlassen sie sicherlich nicht) in den Stand gesetzt werden, alles mehr zu individualisieren, und auch in einer einfältigen Geschichte doch wenigstens die Illusion so weit zu treiben, als unter diesen Umständen möglich ist. Ein anderer Vorteil eines solchen Buchs wäre dieser, der junge Schriftsteller (ich rede jetzt bloß von dramatischen und Roman-Dichtern) würde desto mehr aufmerksam auf sich und andere gemacht, je minder gemeinplatzartig die Bemerkungen an sich wären, und lernte, das, was täglich durch Augen und Ohren in ihn strömt mehr apperzipieren, und erwachte wohl endlich in sich selbst. Ich bin aus vielfältiger Erfahrung überzeugt, daß mancher schlechte Schriftsteller ein sehr guter hätte werden können, wenn er sich, so wie er war, zu nutzen gewußt hätte.

Die Leute denken sie wären Lieblinge des Himmels, wenn sie unsere Kurrent-Seufzer mit einem Shakespear-Gesicht wiederholen können, die ihre Schul-Kameraden und ihr Wein-Club vergrößert sieht und in seiner Verstandes-Dämmerung für noch größer hält.

Eines der elendesten Dinge, die je durch Gänsekiel und Dinte geworden sind.

Ich habe öfters gesehen, daß sich wo die Schweine weiden, Krähen auf sie setzen, und achtgeben, wenn sie einen Wurm aufwühlen herabfliegen und ihn holen, alsdann sich wieder an ihre alte Stelle setzen. Ein herrliches Sinnbild von dem Kompilator, der aufwühlt, und dem schlauen Schriftsteller der es ohne viele Mühe zu seinem Vorteil verwendet.

Daß die plagiarii so verächtlich sind kommt daher, weil sie es im kleinen und heimlich tun. Sie sollten es machen wie die Eroberer, die man nunmehr unter die honetten Leute rechnet, sie sollten platterdings ganze Werke fremder Leute unter ihrem Namen drucken lassen und wenn sich jemand dagegen in loco selbst regt, ihm hinter die Ohren schlagen, daß ihm das Blut zu Maul und Nase heraussprützt, Auswärtige in Zeitungen Spitzbuben, Kabalenschmiede, und Bengel schelten, sie zum Teufel weisen oder sagen, daß [sie] das Wetter erschlagen solle. Auf diese Art wollte ich meinem Vaterland weismachen, daß ich den Nothanker geschrieben hätte.

Macht aus Materien, die eigentlich ein Stück in einem Wochenblatt füllen könnten, kein Buch, und aus zwei Worten keine Periode. Was der große Dummkopf in einem Buch sagt, würde erträglich sein, wenn er es in 3 Worte bringen könnte.

Seht wahrlich, Freunde, zwei Jahre von meinem Leben wollte ich darum geben, wenn ich damit machen könnte, daß ihr einmal einen Augenblick sehen könntet was Menschen-Verstand und was Witz ist. Aber damit ich es euch doch einigermaßen verständlich mache. Was man in der höheren Welt Witz nennt ist gegen den eurigen, den ihr bei euren 6-Batzen-Wein-Gelagen so schön findet, grade was Rabeners Satyren gegen Bruder Naumburgers Stichelreden sind.

Ich habe mir die Zeitungen vom vorigen Jahre binden lassen, es ist unbeschreiblich, was für eine Lektüre dieses ist: 50 Teile falsche Hoffnung, 47 Teile falsche Prophezeiung und 3 Teile Wahrheit. Diese Lektüre hat bei mir die Zeitungen von diesem Jahre sehr herabgesetzt, denn ich denke: was diese sind, das waren jene auch.

Sein Dintenfaß war ein wahrhafter Janus-Tempel, wenns zugepfropft war, so wars in der ganzen Welt Friede.

Ja der Les-Geist ist dem Deutschen so eingeboren, daß er ihn sogar nicht einmal verläßt, wenn die Vernunft fort ist. Hiervon kann ich meinen Lesern ein Beispiel mitteilen, das vielleicht in der Geschichte des menschlichen Geschlechts seines gleichen noch nicht gehabt hat. In einem gewissen deutschen Narrenhause haben die Patienten bei der Landes-Regierung um die Gnädigste Verwilligung einer öffentlichen Bibliothek im Narrenhause untertänigst angehalten. Zugleich haben sie ein Verzeichnis eingeschickt, was sie eigentlich für Bücher verlangten, und ich kann mit Vergnügen [melden], daß eine Kopie sowohl von der Bittschrift als von dem Bücherverzeichnis in meinen Händen ist (ja sogar die Beratschlagungen). Die erste ist ein wahrhaftes Meisterstück und der Stil ist in manchen Perioden dem von einigen unsrer freiherumgehenden Schriftsteller so ähnlich, daß eins von beiden gewiß wahr ist. Entweder man hat vernünftige Leute schändlicher Weise ins Tollhaus gesperrt, oder eine ganze Menge Narren herausgelassen. Die Bittschrift setze ich her, allein ich habe meine Ursachen warum ich das Bücherverzeichnis noch für diesmal zurückbehalte. Es leben nämlich noch eine Menge von den Personen und zum Teil in hohen Ämtern in der Kirche und dem Staat, auf deren Schriften die Wahl gefallen ist, und diese könnte es verdrüßen, daß man ihre Bücher in einem Narrenhause aufstellte, gleichsam als Repräsentanten ihrer Autoren. Ja ich wunderte mich nicht wenig, als ich ein Büchelgen von mir darunter erblickte, um so viel mehr, da das Buch ausdrücklich gegen die Narren gerichtet war. Allein ich erfuhr die Ursache bald. Ich hatte jenes Werkgen ironice und im Hof-stilo abgefaßt, und die armen Teufel glaubten wie der Frankfurter Rezensent es wäre Ernst.

Bittschrift der Narren!

My Lords,
Wir Endes Unterschriebnen haben mit Beistand und auf Anraten der unter uns befindlichen Barden, und Druiden unserer Absicht zu entsprechen geglaubt wenn wir eine unsern Köpfen entsprechende oder entsagende Bibliothek hätten. Wir haben Originale und hohen Genius unter uns. Hier in der Ewigkeit, dort in der Ewigkeit, dort, dort, dort ists noch wie ein weißer Punkt, immer kleiner, immer grauer, immer spitzer –– ho, ho – nun ists fort. O wenn wir Worte hätten, ein Buch ein Wort, ein Wort ein Buch, aber hoher Genius und euer Deutsch, eure Grammatik, guckt, guckt, Colossus badet sich in einem Fingerhut, großer kochender Gedanken-Schwall hebt sich und hebt sich und hebt sich in mir, erst wie das Rauschen des Eichenwaldes in dem Ohr des furchthorchenden Wandrers um Mitternacht, dann kochts deutlicher, dann keichts deutlicher, wie das stürmende Weltmeer in der Ferne, und dann horch, fast wie ein niesendes Regiment. Nun ists gut, Shakespear, so, so. Nun ists gut. Aber Hochzu-

ehrende Herrn. Wir alle waren Kinder und Ihr könnt es wieder werden, wenn hart weich und weich hart bei Euch wird. Sammelt Ihr nicht und lest Ihr nicht? Gut. Wir in diesem Haus sind nicht immer Kinder, zwanzigmal des Tags. Weh! weh! wie schrecklich, die hellen Augenblicke sind die schlimmsten, ihr bedauert uns wegen der unrechten. Der Himmel straft die Vernünftigen mit Narrheit und die Narren mit den kurzen Visiten einer treulos gewordenen Vernunft. Was! Was! Was!

Das viele Lesen hat uns eine gelehrte Barbarei zugezogen.

Gegen das Publikum: Wären wir, wofür du uns hältst, so ist dein Verfahren noch viel zu beleidigend, und wärst [du] was du sein solltest, unsere Achtung gegen dich noch viel zu groß. Eine schöne Bilanz.

Man empfiehlt Selbst-Denken oft nur um die Irrtümer anderer beim Studieren von Wahrheit zu unterscheiden. Es ist ein Nutzen, aber ist das alles? wie viel unnötiges Lesen wird uns erspart. Ist denn Lesen Studieren? Es hat jemand mit großem Grunde der Wahrheit behauptet, daß die Buchdruckerei Gelehrsamkeit zwar mehr ausgebreitet aber im Gehalt vermindert hätte. Das viele Lesen ist dem Denken schädlich. Die größten Denker, die mir vorgekommen sind, waren gerade unter allen den Gelehrten die ich habe kennen gelernt die, die am wenigsten gelesen hatten. Ist denn Vernügen der Sinne gar nichts?

Daß man seine Gegner mit gedruckten Gründen überzeugen kann, habe ich schon seit dem Jahr 1764 nicht mehr geglaubt. Ich habe auch deswegen die Feder gar nicht angesetzt, sondern bloß um sie zu ärgern, und denen von unserer Seite Mut und Stärke zu geben und den andern zu erkennen zu geben, daß sie uns nicht überzeugt haben.

Die Rezensionen sind bei weitem noch keine Gottesurteile.

Wenn er eine Rezension verfertigt, habe ich mir sagen lassen, soll er allemal die heftigsten Erektionen haben.

Man sagt: das Adlerauge der Kritik. In vielen Fällen wäre es besser, zu sagen: die Hundsnase der Kritik.

Ich sehe die Rezensionen als eine Art von Kinderkrankheiten an, die die neugebornen Bücher mehr oder weniger befällt. Man hat Exempel, daß die gesündesten daran sterben, und die schwächlichen oft durchkommen. Manche bekommen sie gar nicht. Man hat häufig versucht, ihnen durch Amulette von Vorrede und Dedikation vorzubeugen oder sie gar durch eigene Urteile zu inokulieren, es hilft aber nicht immer.

Nichts gefällt dem Apoll besser, als [wenn] man ihm einen mutwilligen Rezensenten schlachtet.

Viel Federkauens wollen wir gewiß nicht machen.

Das Hauptgeschäfte eines Rezensenten ist meines Erachtens, nachdem er des Verfassers Ideal wohl bestimmt, und von der Ausführung desselben seine Gedanken eröffnet, den Gebrauch anzuzeigen der von seiner Schrift gemacht werden kann.

Ob ich gleich weiß, daß sehr viele Rezensenten die Bücher nicht lesen die sie so musterhaft rezensieren, so sehe ich doch nicht ein was es schaden kann, wenn man das Buch lieset, das man rezensieren soll.

Einer von den Neger-Sklaven in den Plantagen der Literatur.

Sich ein paar Kreuzer erschreiben.

Man hat Nachtstühle, die wie aufeinander gelegte Folianten aussehen. Einige Schriftsteller scheinen Gefallen an der umgekehrten Methode zu finden und Bücher zu schreiben die sich wie Nachtstühle präsentieren.

Schreibt man denn Bücher bloß zum Lesen? oder nicht auch zum Unterlegen in die Haushaltung? Gegen eins, das durchgelesen wird, werden Tausende durchgeblättert, andere Tausend liegen stille, andere werden auf Mauslöcher gepreßt, nach Ratzen geworfen, auf andern wird gestanden, gesessen, getrommelt, Pfefferkuchen gebacken, mit andern werden Pfeifen angesteckt, hinter dem Fenster damit gestanden.

Ein Louisd'or in der Tasche ist besser als 10 auf dem Bücherschrank.

Man macht nicht gerne aus einem weißen Bogen Pfefferdutten, so bald darauf gedruckt ist, greift man gerne zu.

Was dem Ruhm und der Unsterblichkeit manches Schriftstellers ein größeres Hindernis in den Weg legt, als der Neid und die Bosheit aller kritischen Journale und Zeitungen zusammengenommen, ist der fatale Umstand, daß sie ihre Werke auf einen Stoff müssen drucken lassen, der zugleich auch zu Gewürzduten gebraucht werden kann.

Verbrannte Bücher lasse ich wohl gelten, aber verbrannte Braten!!

Die letzte Hand an sein Werk legen, das heißt verbrennen.

Grabsteine für Bücher.

☆ ☆

»Kopf, Brust & Unterleib«: Lust und Laster

A. Sagen Sie mir, soll ich heiraten oder nicht?
B. Ich dächte, Sie machten es wie Ihre Frau Mutter, und heirateten in Ihrem Leben nicht.

Ein Brauthemd am Morgen nach der Hochzeit vulva pinxit, penis sculpsit.

Hochzeiten gehören unter die Fleischspeisen, da sie in den Fasten verboten sind.

Hätte die Natur nicht gewollt daß der Kopf den Forderungen des Unterleibes Gehör geben sollte, was hätte sie nötig gehabt den Kopf an einen Unterleib anzuschließen. Dieser hätte sich ohne eigentlich dasjenige zu tun was man Sünde nennt satt essen und sich satt paaren und jener ohne diesen Systeme schmieden, abstrahieren und ohne Wein und Liebe von platonischen Räuschen und platonischen Entzückungen reden und singen und schwatzen können. Küsse vergiften ist noch weit ärger von der Natur gehandelt, als das Vergiften der Pfeile der Feinde im Krieg.

Leib und Seele ein Pferd neben einen Ochsen gespannt.

Ein gewisser Freund den ich kannte pflegte seinen Leib in drei Etagen zu teilen, den Kopf, die Brust und den Unterleib, und er wünschte öfters, daß sich die Hausleute der obersten und der untersten Etage besser vertragen könnten.

Manches an unserm Körper würde uns nicht so säuisch und unzüchtig vorkommen wenn uns nicht der Adel im Kopf steckte.

Über die Macht der Liebe

Die Frage: Ist die Macht der Liebe *unwiderstehlich*, oder kann der Reiz einer Person so stark auf uns wirken, daß wir dadurch *unvermeidlich* in einen elenden Zustand geraten müssen, aus welchem uns nichts als der ausschließende Besitz dieser Person zu ziehen im Stande ist? habe ich in meinem Leben unzählige Mal bejahen hören von alt und jung, und oft mit aufgeschlagenen Augen und über das Herz gefaltenen Händen, den Zeichen der innersten Überzeugung und der sich auf Diskretion ergebenden Natur. Ich könnte sie auch bejahen, nichts ist wohlfeiler und leichter, ich werde sie auch künftig aus Gefälligkeit wieder bejahen, oder auch, wenn künftige Erfahrungen das Cabinet bereichern, aus dem ich jetzt herausphilosophiere, im Ernst, woran ich aber deswegen sehr zweifle, weil ein paar Beispiele, die gehörig ins Licht gesetzt für mich streiten, hinlänglich sind, den ganzen Satz auf ewig zu leugnen. Ich habe, sage ich, den Satz unzählige Mal bejahen hören und bejaht gelesen in Prose und in Versen. Aber wie viel Menschen waren darunter, die die Frage ernstlich untersucht hatten? Bewußt wenigstens ist es mir von keinem, daß er sie untersucht hätte, und vielleicht hatte sie auch wirklich keiner untersucht; denn wer wird eine Sache untersuchen, von deren Wahrheit der Guckuck und die Nachtigall, die Turteltaube und der Vogel Greif einstimmig zeugen, wenigstens, wenn man den süßen und bittern Barden aller Zeiten glauben darf, über deren Philosophie aber zum Glück der Philosoph so sehr lacht, als das vernünftige Mädchen über ihre Liebe. Ich glaube, ich habe die Frage hinlänglich untersucht, lange vor Herrn Prof. Meiners, dessen Übereinstimmung mit meiner Meinung in der *Hauptsache* nicht wenig dazu beigetragen hat, daß ich den Mann jetzt *liebe*, dessen

Kopf ich längst verehrt habe. Nach dieser Untersuchung behaupte ich mit völliger Überzeugung: die unwiderstehliche Gewalt der Liebe, uns durch einen Gegenstand entweder höchst glücklich oder höchst unglücklich zu machen, ist poetische Faselei junger Leute, bei denen der Kopf noch im Wachsen begriffen ist, die im Rat der Menschen über Wahrheit noch keine Stimme haben, und meistens so beschaffen sind, daß sie keine bekommen können. Ich erkläre hier noch einmal, ob es sich gleich wohl von selbst versteht, daß ich den Zeugungstrieb nicht meine; der, glaube ich, kann unwiderstehlich werden, allein sicherlich hat ihn die Natur uns nicht eingeprägt, uns höchst unglücklich oder höchst glücklich zu machen. Das erste zu glauben macht Gott zu einem Tyrannen, und das letztere den Menschen zum Vieh. Und doch rührt die ganze Verwirrung in diesem Streit aus nicht genugsamer Unterscheidung eben dieses *Triebes*, der sich unter sehr verschiedener Gestalt zeigt, und der schwärmenden Liebe her. Man verteidigt Liebe und verwirft Liebe, und eine Partei versteht dieses und die andere etwas anderes. So weit diesen Morgen.

Die guten Mädchen haben die Ausdrücke *Himmel auf der Welt, Seligkeit*, womit manche Dichter die glücklichste Liebe belegten, als ewige unwandelbare Wahrheit angesehen, und mädchenmäßige Jünglinge haben es ihnen nachgeglaubt, da es doch nur weichliches Geschwätz junger Schwärmer ist, die weder wußten, was Himmel, noch was Welt war. Die Benennungen sind nur in so fern wahr, in so fern es wahr ist, daß Mädchen Göttinnen sind. Die Griechen, nicht allein das weiseste und tapferste, sondern auch das wollüstigste Volk auf der Welt, hielten wahrlich die Mädchen nicht für Göttinnen, oder den Umgang mit ihnen für Paradies oder ihre Liebe für unwiderstehlich. Sie erzeigten ihnen nicht einmal die Achtung, die man wenigstens von einem freien Volk, ich will nicht sagen von einem gefühlvollen, gegen ein schwaches Geschlecht hätte erwarten sollen. Sie brauchten sie, die organisierten Fleischmassen zu zeugen, aus denen sie selbst nachher Helden, Weise und Dichter formten, und ließen sie übrigens gehen. Sie wohnten im Innersten des Hauses, kamen nicht in Männergesellschaften, wodurch ihnen denn freilich aller Weg abgeschnitten ward, sich für so kluge Köpfe gehörig auszubilden, daher sie immer schlechter und verächtlicher werden mußten. Daß ihnen wahrhaftig große Männer courten, diese Achtung mußten sie sich erst durch besondere auszeichnende Geistesgaben erwerben, und diese Besuche waren nicht von der verliebten Art. Das Vermögen, das ihnen die Natur gegeben hat, ein dringendes Verlangen auf eine angenehme und nützliche Art zu befriedigen, rechneten sie ihnen für kein Verdienst an, und, wie mich dünkt, mit großem Recht; denn es ist ein Handel, wobei beide Parteien gewinnen. Die Ausdrücke *Herz verschenken, Gunst verschenken*, sind wieder poetische Blümchen. Kein Mädchen schenkt ihr Herz weg, sie verkauft es entweder für Geld oder Ehre, oder vertauscht es gegen ein anderes, wobei sie Vorteil hat, oder doch zu haben glaubt. Aber was führe ich Ihnen die Griechen an? Gibt es nicht heutzutag ein sehr vernünftiges Volk, das von der beides lächerlichen und dabei müßiggängerischen Schwärmerei der Liebe frei ist, ein Volk, dem wir allein den Fortgang in nützlichen Wissenschaften, Besserung des Menschen und alle großen Taten zu danken haben. Wissen Sie, was ich für ein Volk meine? Gewiß Sie kennen es. Es ist die Gemeinde der aktiven, vernünftigen, *starken* Seelen, die man über die ganze Erde ausgebreitet findet, obgleich manches Städtchen leer ausgehen möchte; der gesunde, nützliche glückliche Landmann, den unsere albernen Dichter (wie überhaupt die Natur) besingen und bewundern, ohne ihn zu kennen, sich sein Glück wünschten, ohne doch den Weg dazu wählen zu wollen. Mir läuft die Galle über, wenn ich unsere Barden das Glück des Landmanns beneiden höre. Du willst, möchte ich immer sagen, glücklich sein wie er, und dabei ein Geck sein wie Du, das geht freilich nicht. Arbeite wie er, und wo deine Glieder zu zart sind zum Pflug, so arbeite in den Tiefen der Wissenschaft, lies Eulern oder Hallern statt G…, und den stärkenden Plutarch statt des entnervenden Siegwarts, und endlich lerne dein braunes Mädchen genießen, wie dein braunes Brot – von Hunger verklärt und gewürzt, wie dein Landmann tut, so wirst du glücklich sein, wie er. Nicht Adel der Seele, nicht Empfindsamkeit, sondern Müßiggang, oder doch Arbeit, bei der der Geist müßig bleibt, und Unbekanntschaft mit den großen Reizen der Wissenschaft, worin schlechterdings nichts von *Lieb' und Wein* vorkommt, ist die Quelle jener gefährlichen Leidenschaft, die (ich getraue es allgemein zu behaupten) sich noch niemals einer wahrhaft männlichen starken Seele bemächtigt hat. Wenn jemand aus Liebe Einöden sucht, mit dem Mond im Ernst plaudert, so steckt gewiß das Häschen irgend wo im Kopf, denn eine Schwachheit steht selten allein.

Ich habe sehr hohe Begriffe von der Größe und Würde des Menschen. Einem Triebe folgen, ohne den die Welt nicht bestehen könnte, die Person lieben, die mich zum einzigen Gesellschafter ausersehen hat, zumal da nach *unsern* Sitten diese Person sich durch tausend andere Dinge an unser Herz fest hängt, und unter den mannichfaltigen Relationen, von Ratgeber, Freund, Handlungskompagnon, Bettkamerade, Spielsache, lustiger Bruder, (Schwester klingt nicht) auf uns wirkt, das halte ich sicherlich für keine Schwachheit, sondern für klare, reine Schuldigkeit, und ich glaube auch, es steht nicht bei uns, ein solches Geschöpf nicht zu lieben. Beklagen wir ja den Tod eines Haushundes. Allein ein Mädchen sollte im Stande sein, mit ihren Reizen einem Manne seine Ruhe zu rauben, daß kein anderes Vergnügen mehr Geschmack für ihn hätte, und es stehe nicht in seiner Gewalt, sich diesem Zug zu widersetzen, dem Manne, der Armut, Hunger, Verachtung seines Verdienstes ertragen, ja seiner Ehre wegen in den Tod gehen kann? Das glaube ich ewig nicht. Dem Gekken wohl, dem weichlichen Schwachen, der nie in irgend etwas Widerstand versucht hat, oder dem Wollüstling, der höhere Vergnügen des Geistes nicht kennt, als das Bewußtsein, daß ihn ein hübsches *Mädchen* liebt (denn vom Genuß abstrahiere ich, um dem Werther allen möglichen Vorteil zu geben), aber gewiß keiner *eigentlichen* Seele; wenn eine solche je so was gesagt hat, so war es ein Kompliment gegen die Damen, und zwar ein sehr unartiges, weil es ein Pasquill auf alle vernünftigen Männer ist; und doch ist es eine Frage, ob es ein Kompliment für die Damen ist. Viele Männer halten das weibliche Geschlecht für so schwach, eitel, leichtgläubig und eingebildet, daß sie alles glauben, was man ihnen sagt, sobald es die Macht ihrer Reize angeht. Diese Männer, wenn man sie anders so nennen kann, irren sich aber gar sehr. Nicht wahr, Madam?

Wenn man aber einer Vorstellung, die sich auf einen solchen Trieb stützt, mutwillig nachhängt, nicht allein nicht widerstehen will, sondern sich gar eine Ehre daraus macht, nicht zu widerstehen, und sich für einen Eingeweihten in die Mysterien der alles beglückenden Natur hält, sobald man sich solche Liebesschlösser in der Luft bauen kann, ja mein Gott, was ist da nicht unwiderstehlich in der Welt! Wäre doch wohl gar die kranke Frau im Gellert gestorben, wenn der Schneider nicht gekommen wäre, oder hat doch einer schon seine Frau für ein Glas Branntewein andern überlassen. Da ist es freilich kein Wunder, wenn Glück und Ruhe dahin gehen, als hätten sie nie bei einem gewohnt, und ist es noch gut, wenn nur Glück und Ruhe fliehn. Eine solche Liebe führt ihre Lieblinge oft in Ketten nach Celle, und mich dünkt von Rechts wegen.

Die Liebe, die ich dem vernünftigen Manne für anständig halte, verhält sich zu der, gegen welche ich schreibe, so wie die gerechte Zähre des rechtschaffenen Mannes bei dem Tod einer Mutter, gegen das ungezogene Geheul und Haarausreißen des schwachen Pöbels. Und ich weiß wohl, wenn ich auch bis an den jüngsten Tag predigte, so würde doch die Anzahl derer, die jenen Folgen der Liebe standhaft widerstehen, immer die kleinere Zahl sein. Aber was ist das seltsamer, als daß die Leute, die ihr Unglück mit Mut, Gelassenheit ertragen, ebenfalls sehr wenige sind? Aus dem, was der Mensch jetzo in Europa ist, müssen wir nicht schließen, was er sein könnte. In andern Weltteilen ist er ja schon anders, sehr viel anders.

Nun könnte ich, wenn es nötig wäre, und ich Zeit hätte, eine Menge Beispiele von Leuten beibringen, die das Gesagte bestätigten, allein ist es bei Ihnen unnötig, und ich werde wirklich müde, und breche daher ab. – – –

Die Mädchen hören euch vielleicht gerne zu, wenn ihr auf euren Lauten eure Phantasien vorklimpert, wenn es ihnen aber zu tun ist zwischen Geist und Fleisch Friede zu stiften, so werdet ihr nie zum Kongreß gelassen.

Ihr die ihr so empfindsam von der Seele eurer Mädchen sprechen könnt, ich gönne euch diese Freude, glaubt aber ja nicht, daß ihr so was Erhabenes tut oder sagt, oder dünkt euch nicht edler als der Pöbel, der gewiß so gar unrecht nicht hat sich hauptsächlich an den Körper zu halten. Was doch ein junger Rezensionen-Leser für eine Idee von einem so feinen Sentiment hat! Der Bauerknecht schielt nach dem Unterrock-Schlitz und sucht den Himmel dort, den du in den Augen suchst. Wer hat recht? Ich wäge keine Gründe in dieser Frage und noch viel weniger entscheide ich sie, aber raten will [ich] es aus treuem Herzen allen empfindsamen Kandidaten, daß sie sich mit dem Bauern setzen, es könnte sonst auf verdrießliche Weitläuftigkeiten hinauslaufen.

Es ist eine traurige Liebe, wo man zum erstenmal im Grab mit einander zu Bette geht.

Daß Gott, oder was es ist, durch das Vergnügen im Beischlaf den Menschen zur Fortpflanzung gezogen hat, ist doch bei Kants höchstem Prinzip der Moral auch zu bedenken.

Der Trieb unser Geschlecht fortzupflanzen hat noch eine Menge anderes Zeug fortgepflanzt.

Die eine Schwester ergriff den Schleier und die andere den Hosen-Schlitz.

Ja die Nonnen haben nicht allein ein strenges Gelübde der Keuschheit getan, sondern haben auch noch starke Gitter vor ihren Fenstern.

A. O durch das Gelübde wollten wir wohl kommen, wenn wir nur durch die Gitter wären.

Ich fand ihn in seiner Stube, die Hose bis an die Knie herunterhängend und mit einem Messer in der Rechten, jedermann, der ihn so gefunden haben würde, würde geglaubt haben er wolle sich kastrieren, er hatte eben die Hosen die ihm geplatzt waren mit einem langen Bindfaden zugebunden, den er beschäftigt war abzuschneiden.

Fragment von Schwänzen

Ein Beitrag
zu den Physiognomischen Fragmenten

Silhouetten

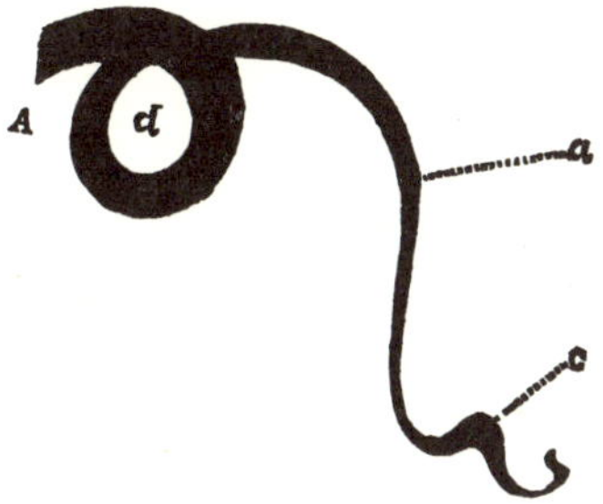

Fragment von Schwänzen

1. Heroische, kraftvolle
A. Ein Sauschwanz
B. Englischer Doggenschwanz

A. Wenn du in diesem Schwanz nicht siehest, lieber Leser, den Teufel in Sauheit, (obgleich hoher Schweinsdrang bei a) nicht deutlich erkennest den Schrecken Israels in c, nicht mit den Augen riechst, als hättest du die Nase drin, den niedern Schlamm in dem er aufwuchs bei d, und nicht zu treten scheinst in den Abstoß der Natur und den Abscheu aller Zeiten und Völker, der sein Element war – so mache mein Buch zu; so bist du für Physiognomie verloren.

Dieses Schwein, sonst gebornes *Ur-Genie*, luderte Tage lang im Schlamm hin; vergiftete ganze Straßen mit unaussprechlichem Mistgeruch, brach in eine Synagoge bei der Nacht, und entweihte sie scheußlich; fraß, als sie Mutter ward, mit unerhörter Grausamkeit drei ihrer Jungen lebendig, und als sie endlich ihre kannibalische Wut an einem armen Kinde auslassen wollte, fiel sie in das Schwert der Rache, sie ward von den Bettelbuben erschlagen, und von Henkersknechten halbgar gefressen.

B

B. Der du mit menschlichen warmen Herzen die ganze Natur umfängst, mit andächtigen Staunen dich in jedes ihrer Werke hinfühlst, lieber Leser, teurer Seelenfreund, betrachte diesen Hundeschwanz, und bekenne ob Alexander, wenn er einen Schwanz hätte tragen wollen, sich eines solchen hätte schämen dürfen. Durchaus nichts weichlich, »hundselndes, nichts damenschößigtes, zuckernes« mausknapperndes, winzigtes Wesen. Überall Mannheit, Drangdruck, hoher erhabener Bug und ruhiges, bedächtliches, kraftherbergendes Hinstarren, gleichweit entfernt von untertänigem Verkriechen, zwischen den Beinen, und hühnerhündischer, wildwitternder, ängstlicher unschlüssiger Horizontalität. Stürbe der Mensch aus, wahrlich der Scepter der Erde fiele an diese Schwänze. Wer fühlt nicht hohe an menschlicher Idiodität angrenzende Hundheit in der Krümmung bei a). An Lage wie nach der Erde, an Bedeutung wie nach dem Himmel. Liebe, Herzens-Wonne Natur, wenn du dereinst dein Meisterstück mit einem Schwanze zieren willst, so erhöre die Bitte deines bis zur Schwärmerei warmen Dieners, und verleihe ihm einen wie B.

Dieser Schwanz gehörte Heinrich des VIII. Leibhunde zu. Er hieß Cäsar, und war Cäsar. Auf seinem Halsbande stund das Motto: *aut Caesar, aut nihil*, mit goldenen Buchstaben, und in seinen Augen eben dasselbe, weit leserlicher, und weit feuriger. Seinen Tod verursachte ein Kampf mit einem Löwen, doch starb der Löwe fünf Minuten früher als Cäsar. Als man ihm zurief, Marx der Löwe ist tot, so wedelte er dreimal mit diesem verewigten Schwanze, und starb als ein gerochener Held.

Molliter ossa quiescant.

C. Silhouette vom Schwanze eines, leider! zur Mettwurst bereits bestimmten Schweins-Jünglings in G... von der größten Hoffnung, den ich allen warmen, elastischen, beschnittenen und unbeschnittenen Genie ausbrütenden Stutzern, von Mensch- und Sauheit, bitte-wimmernd empfehle. Fühlts, hörts! und Donner werde dem Fleischer, der dich anpackt.

Noch zur Zeit nicht ganz entferkelt; mutterschweinische Weichmut in schlappen Hang und läppische Milchheit in der Fahnenspitze. Aber doch bei p schon keimendes Korn von Keiler-Talent; ja wäre bei m nicht sichtbarlich städtische

Schwäche und mehr Spickespeck, als Haugeist, und wäre unter dem Schwanz bei o minder Rauchkammer als Ruhms-Tempel, und minder Mettwurst als Triumph, so sagte ich: dein Ahnherr überwand den Adonis, und der Ebergeist des Herkules-Bekämpfers ruht auf deinem Schwanz.

Einige Silhouetten von unbekannten meist tatlosen Schweinen

a, Schwach arbeitende Tatkraft; b, physischer und moralischer Speck; c, unverständlich entweder monströs oder Himmelsfunken

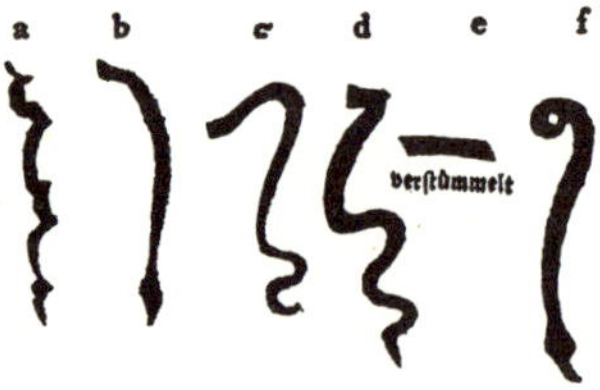

lodernder Keim vom Wanderer zertretten; d, vermutlich verzeichnet, sonst blendender, auffahrender Eberblitz; f, Kraft mit Speck vertatloset.

Acht Silhouetten von Purschenschwänzen zur Übung

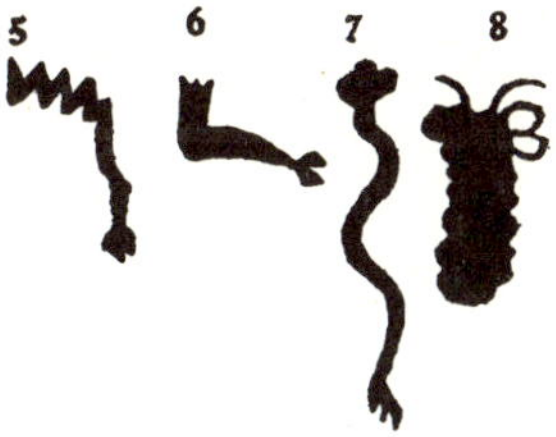

Erklärungen:

1) Ist fast Schwanz-Ideal. Germanischer, eiserner Elater im Schaft; Adel in der Fahne; offensivliebende Zärtlichkeit in der Rose; aus der Richtung fletscht Philistertod und unbezahltes Konto. Durchaus mehr Kraft als Besonnenheit.
2) Hier überall mehr Besonnenheit als Kraft. Ängstlich gerade, nichts Hohes, Aufbrausendes, weder Newton noch Rüttgerodt*, süßes Stutzerpeitschgen, nicht zur Zucht, sondern zur Zierde, und zartes Marzipanherz ohne Feuer-Puls. Ein Liedchen sein höchster Flug, ein Küßchen sein ganzer Wunsch.
3) Eingezwängter Fülldrang. Eine Pulvertonne unter einem Feuerbecken vergessen. Wanns auffliegt, füllts die Welt. Edler vortrefflicher Schwanz, englisch in beiderlei Verstand. Schade, daß du von sterblichem Nacken herabstarrst. Flögst du durch die Himmel, die Kometen würden sprechen: welcher unter uns will es mit ihm aufnehmen. Studiert Medizin.
4) Satyrmäßig verdrehte Merrettigform. Der Kahlköpfigkeit letzter Tribut, an Schwanzheit bezahlt. Alte Feldmarschallskraft, zu Fähndrichs-Natur aufpomadet, aufgekämmt und aufaffektiert. Kampf zwischen Natur und Kunst, wo beide auf dem Platz bleiben. Strecke du das Gewehr armer Teufel, und laß die Perücke einmarschieren.
5) An Schneidergesellheit und Lade grenzende schöne Literatur. In dem scharfen Winkel, wo das Haar den Bindfa-

den verläßt, wo nicht Goethe, doch gewiß Bethge** hoher Federzug mit Nadelstich. Polemik in der horizontalen Richtung, Freitisch in der Quaste. In der fast zu dünne gezeichneten Wurzel-Winzigkeit mit Hände reibender Pusillanimität. Informiert auf dem Klavier.

6) Sicherlich entweder junger Kater oder junger Tiger, mit einem Haar-Übergewicht zum letztern.
7) Abscheulich. Ein wahrhaftes Pfui! Wie kannst du an einem Kopf gesessen haben, den Musen geheiligt. Im trunkenen Streit mußt du vielleicht einmal irgend einem Badergesellen oder Stadtmusikanten entrissen und aus Triumph an Purschenhaar geknüpft sein. Elendes Werk, nicht der Natur, sondern des Seilwinders. Hanf bist du, und als Hanf hättest du dich besser geschickt, den Hals deines geschmacklosen Besitzers an irgend einem Galgen zu schnüren.
8) Heil dir und ewiger Sonnenschein, glückseliges Haupt das dich trägt. Stünde Lohn bei Verdienst, so müßtest du Kopf sein, vortrefflicher Zopf, und du zopf-beglückter Kopf. Welche Güte in den seidenen zarten Abhang, wirkend ohne Hanf herbergendes maskierendes Band, und doch Wonne lächelnd wie geflochtene Sonnenstrahlen.

So weit über selbstgekrönte Haarbeutel als Heiligenglorie über Nachtmütze.

Sechs solcher Schwänze in einer Stadt, und ich wollte barfuß deine Tore suchen, du Gesegnete, die Schwelle deines Rathauses küssen und mich glücklich preisen, mit meinem eignen Blut unter die Zahl deiner letzten Beisassen eingezeichnet zu werden.

Fragen zur weitern Übung

Welcher ist der kraftvolleste?
Welcher hat am meisten Tatstarrendes?
Welcher Schwanz wird schwänzen?
Welcher ist der Jurist? der Mediziner? der Theologe? der Weltweise? der Taugenichts? der Taugewas?

Welcher ist der verliebteste?
Welcher alterniert mit dem Haarbeutel?
Welcher hat den Freitisch?
Welchen könnte Goethe getragen haben?
Welchen würde Homer wählen, wenn er wiederkäme?

Was die Männer in Lakedämon bei schwerer Strafe verbunden waren wenigstens 5 mal des Monats zu tun, das tat er freilich wenigstens dreimal so oft.

Er reiste über Northeim nach Einbeck und von da über die Mamsell P... nach Hannover.

Aus der Mätresse eines Mannes läßt sich viel auf den Mann schließen, man sieht in ihr seine Schwachheiten und seine Träume. *Ex socio* wird man nicht halb so gut erkannt, als *ex socia*.

Ich schreibe sonst nicht gerne vom Frauenzimmer und fast niemals tue ich es, es müßte denn das Frauenzimmer, von dem, oder der Mann, an den ich schreibe, etwas Außerordentliches sein. Nun befinde ich mich in einem Fall wo beides eintrifft, und deswegen will ich mich einmal recht müde vom Frauenzimmer schreiben. Sobald man den Fuß in Engelland setzt, (ich setze aber voraus, daß man noch etwas mehr hat als Füße) so fällt, dem Studenten sowohl als dem Philosophen und dem Buchhändler, sogleich in die Augen die außerordentliche Schönheit der Frauenzimmer und die Menge dieser Schönheiten, dieses nimmt immer je mehr und mehr zu, je näher man London kommt. Wer sich von dieser Seite nicht recht sicher weiß, für den weiß ich nur ein einziges Mittel: Er gehe sogleich mit dem nächsten Paketboot nach Holland zurück, da ist er sicher. Ich habe in meinem Leben sehr viel schöne Frauenzimmer gesehen, aber seitdem ich in Engelland bin, habe ich mehrere gesehen als in meinem ganzen übrigen Leben zusammen genommen, und doch bin ich nur 10 Tage in Engelland. Ihr außerordentlich netter Anzug, der einer Göttingischen Obstfrau einiges Gewicht geben könnte, erhebt sie noch mehr. Die Aufwärterin, die mir täglich Feuer in das Kamin macht und mein Bette wärmt (mit der Bettpfanne versteht sich, Gevatter) kommt zuweilen mit einem schwarzen, zuweilen mit einem weißen seidenen Hut und mit einer Art von Schlender in die Stube, trägt ihre Bettpfanne mit so viel Grace als manche deutsche Damens den Parasol, kniet sich vor dem Bette in diesem Anzug mit einer Nonchalance nieder, daß man glauben sollte, sie hätte 40 solche Schlender, und spricht dabei ein Englisch, so wie es in euren besten englischen Büchern kaum steht, Gevatter. Wenn euer Herz etwas aushalten kann, so kommt herüber, ich stehe euch dafür, ihr sollt das Englische weghaben, ehe euch das Bette 40mal ist gewärmt worden. Von diesen Kreaturen wimmeln alle Straßen, die schönsten sind die Putzkrämerinnen, milliners, wie sie die Engelländer nennen, und eine solche war es, die den Lord Baltimore 120000 Taler gekostet hat, und noch eine andere Gattung, von denen ich nichts zu sagen weiß, als daß man kein Exempel hat, daß sie den Leuten Kosten von 120000 Taler gemacht hätten. Mit einem Wort, das poenitere, das dem Demosthenes einmal so erschrecklich hoch angeschlagen wurde, daß er es nicht kaufen konnte, steht hier niedriger als in der ganzen Welt. Wenn Sie diese sehr gelehrte Stelle nicht verstehen, so lassen Sie sie sich erklären. Es war mir hier unmöglich, modest und plan zugleich zu sein. Vom vornehmen Frauenzimmer habe ich über 200 in einem einzigen Saal, im Hause der Lords, gesehen, stellen Sie sich vor, 200, wovon eine jede dem Lord Baltimore wenigstens 150000 Taler wert gewesen wäre, dieses macht 200 mal 150 tausend, das ist schon 30 Million Taler, die bloßen Frauenzimmer wie sie Gott erschaffen hat, ohne ein Körngen von Diamanten und Spitzen und Perlen und dgl. in Anschlag zu bringen. Das ist ein Kapital! Nun bin ich doch auch würklich müde von den Engelländerinnen zu schreiben, und ich denke überhaupt, wenn man nicht lange hier bleiben kann, wie ich, so ist besser zu gucken, als zu schreiben.

Die beiden Frauenzimmer umarmten sich aus Grimasse, und hingen zusammen wie 2 Vipern in coitu.

Es ist eine schöne Ehre die die Frauenzimmer haben, die einen halben Zoll vom Arsch abliegt!

Schlankheit gefällt wegen des bessern Anschlusses im Beischlaf und der Mannigfaltigkeit der Bewegung.

Venus anadyomene Die Venus wie sie aus dem Wasser, oder J... wenn sie des Abends aus dem letzten Röckgen heraussteigt, welche ist schöner?

Alle Äpfel-Mädchen von der Eva bis auf sie.

In der Sprache von Otaheiti heißt *Era* die Sonne, *erai* der Himmel und *Erao* das weibliche Glied.

☆ ☆

»Bouteille und Selbstgenuß«: Geistreiche Anregungen

Ich habe gehört, er soll zuweilen nüchtern sein.

Wenn ich einmal sein Leben herausgebe, so suchen Sie gleich im Index die Wörter Bouteille und Selbst-Genuß auf, sie enthalten das Wichtigste von ihm.

Trinken heiße ich hier überhaupt mit offenen Sinnen und zur guten Stunde einen Zug tun der mit einer solchen Zauberkraft auf unser Innerstes auffällt und alle Seelenkräfte zu einem Freudenfeste versammelt bei dem die strengste Vernunft Feier-Abend macht; es geschehe nun dieser Zug aus der Bouteille (welches die eigentliche Bedeutung des Worts ist) oder beim Mondenlicht aus einer mit Blütengerüchen geschwängerten Luft, ganz allein, wie Agathon, ehe ihn Danae in Dienste nahm, oder in Gesellschaft wie er bald hernach Gelegenheit hatte. Daher nenne ich Rausch den Zustand sanfter Empfindlichkeit, in welchem jedem äußern Eindruck neue unaussprechliche Gedanken korrespondieren, oder jeden Zustand wollüstiger Ruhe, der nicht sowohl die Würkung einer verdauten Philosophie, als vielmehr eines glücklichen ungefähren Zugs ist.

Man muß zuweilen trinken um den Ideen, die in eines Gehirn liegen, und den Falten mehr Geschmeidigkeit zu geben, und die alten Falten wieder hervor zu rufen.

Zwischen Wachen und Traum, auch bei der herannahenden Gottheit des Bacchus, nimmt oft die Erinnerung längst vergangener Wollust einen ganz himmlischen Schwung in unsern Seelen.

Unser fetter Bacchus, er seine dicken Schenkel über ein Faß geschlagen in der Rechten sein Baßglas hält, muß wieder zu jenem sanften Gott der Alten zurückgebracht werden.

Die Kultur der Seelen, wozu auch das Branntweintrinken mit gehört, hat viele Spuren ausgelöscht, dereinst zu finden was der Mensch ursprünglich war, und sein sollte.

Patriotischer Beitrag zur Methyologie der Deutschen

nebst einer Vorrede über das Methyologische Studium überhaupt

Was mich hauptsächlich hierauf aufmerksam gemacht hat, ist der Einfall, den ein Engländer zwar noch nicht gehabt hat, denn sonst käme mein guter Rat zu spät, aber vermutlich haben wird, ich meine den Gedanken die Kunst zu trinken systematisch zu behandeln, wozu wir Deutschen, da wir, was das Praktische hierin betrifft, nun einmal bei Auswärtigen zum Sprüchwort geworden sind, nächst den Lapithen und Centauren vorzüglich aufgelegt wären. Daß ihn aber dieser Gelehrte früh oder spät haben wird, fürchte ich daher, weil er in irgend einem Magazin 85 Redensarten, angibt, die seine Nation habe, die Trunkenheit eines Menschen zu bezeichnen. Jedermann, dem bekannt ist, wie bald man mit einer Wissenschaft fertig ist, wenn man einmal die Kunstwörter weg hat, wird dieses mit mir fürchten. Ich habe also, so bald als möglich, meinen teuresten Landesleuten eben dieses herrliche Hülfsmittel in die Hände geben, und zugleich dadurch zeigen wollen, daß wir den Engländern, wie überhaupt in nichts, also auch nicht in diesem Punkt zu weichen Ursache haben. Ich übergebe ihnen nämlich hier 144 oder gerade 12 Dutzend ähnliche Redensarten, worunter keine einzige ist, die nur bloß in einem einzigen Haus gebräuchlich wäre, deren doch der Engländer eines oder etliche in seinem Verzeichnis anführt. Ich zweifle nicht, daß sich überhaupt nicht noch viele, zumal in unserem seefahrenden Deutschland, sollten hinzufinden lassen, da kein Gegenstand in der Natur geschickter ist die Bewegungen, Richtungen und Zufälle eines Betrunkenen, geschickter, lebhafter und lehrreicher auszudrücken als ein Schiff. Ja ich zweifle sehr ob ich einmal alle die ganz allgemein rezipierten werde gefunden haben. Es ist der menschlichen Unart sehr angemessen, in allen Dingen, vornehmlich aber in philosophicis, immer erst im weiten Feld und dann zu Hause zu suchen, wie denn auch nicht zu leugnen ist, daß das Weithergeholte durch etwas Gewisses reizt, wovon niemand als der Weitherholende selbst einen Begriff hat und haben kann. Zur Bestättigung dessen, was ich hier sage, dient der Umstand, daß würklich unter den angegebenen Redensarten der Ausdruck: *er ist berauscht* einer von den letzten gewesen ist, die man gefunden hat.

Ich habe aber noch ungleich mehr zur Erweiterung dieser Wissenschaft beigetragen, ich habe die Wörter *Methyologie* und *methyologisch, Methystik* und *methystisch, Pinik* und *Pinisch* eigenhändig zusammengesetzt, und gedenke über den allgemeinen *Methyologischen Blick* und das *Methyologische Gefühl* Abhandlungen zu schreiben; die ihren Tituln vielleicht entsprechen sollen. Überhaupt habe ich mir bei der Wörterfertigung den Plan gemacht in allen Bezeichnungen meiner Begriffe die Züge so zu verwaschen, daß ein jeder das Seine darinnen zu erkennen glaubt, welches eine Liebe zur Wissenschaft in jungen Gemütern erweckt, die nicht zu beschreiben ist.

Was aber die Wissenschaft selbst betrifft, so ist allzu bekannt, daß die Methystik, oder, mich deutlicher auszudrükken, die Wissenschaft die Länder jenseit der Bouteille mit Nutzen zu bereisen, bisher in einer schändlichen Vergessenheit geschmachtet, und man braucht nicht die stärkste Vergrößerung aufzustecken um zu sehen, daß dem menschlichen Geschlecht durch eine philosophische Behandlung dieses Süjets wichtige Vorteile zuwachsen müssen. Es ist hier gar der

Ort nicht dieses umständlich und wie es wohl die Wichtigkeit des Gegenstandes verdiente, aus einander zu setzen, doch kann ich eine Betrachtung nicht ganz übergehen: Der berühmte Baco von Verulam sagt in seinem schönen Buch *de augmentis scientiarum*, daß in einer Wissenschaft nicht viel mehr geleistet werde, sobald man sie systematisch zu behandeln anfange. Vielleicht würde also dadurch den kühnen Versuchen in dieser Wissenschaft etwas vorgegriffen, oder mich populärer auszudrücken, *dem leidigen Trinken gesteuret.* Ich denke die großen Trinker, die Genies, sollen nach und nach abnehmen, so wie die Vorschriften es mit Absicht und *vernunftmäßig* zu tun, zunehmen. Denn ehe dieses geschieht, zumal ehe das Terminologische Fach gut versehen ist und man etwas hat, das man einstweilen vorläufig brauchen kann, bis man die Wissenschaft erlernt hat, ist an keine Stümper zu gedenken. Außerdem ist ja den Kindern bekannt, daß ohne etwas Wein und etwas Beifall keine poetische Ader offen gehalten werden kann, und es verdient wenigstens einmal versucht zu werden, was auch die Vernunft auf den Flügeln des Champagners ausrichten könne, da die Einbildungskraft Wunder auf denselben tut.

Der Beitrag selbst

Redens-Arten, womit die Deutschen die Trunkenheit einer Person andeuten

Er spürt den Wein.
Er hat einen Schuß.
Er ist angeschossen.
Er hat einen Hieb.
Er hat einen Strich.
Er hat einen Jesuiter.
Er hat etwas zu viel.
Er ist besoffen.
Er ist benebelt.

Er hat einen heiligen Schein.
Er hat einen Rausch.
Er ist begeistert.
Er ist voll.
Er hat etwas im Kopf.
Er hat genug.
Er hat einen Haarbeutel.
Er hat ein Glas zu viel getrunken.
Er hat zu tief ins Glas geguckt.
Er ist illuminiert.
Er taumelt.
Die Zunge ist ihm schwer.
Er kann die Zunge nicht mehr heben.
Er kann auf kein Bein mehr stehen.
Er ist berauscht.
Er ist betrunken.
Er ist dabei gewesen.
Er ist fertig.
Er ist hin.
Er ist weg.
Er ist selig.
Er sieht den Himmel für eine Baßgeige an.
Er sieht die Buchstaben doppelt.
Er ist himmelhageldick.
Er hält einen Calenberger Bauern für eine Erdbeere.*
Der Kopf ist ihm schwer.
Er hat trübe Augen.
Er ist im Oberstübchen nicht richtig.
Er hat Glas-Augen.
Er wackelt.
Er hat etwas im Dach.
Er ist toll und voll.
Er hat seine Ladung.
Er war an einen guten Ort.
Er ist geliefert.
Er ist gedeckt.
Er sieht zwo Sonnen.

Er ist pudelhageldick.
Er geht als wenn alle Häuser sein gehörten.
Er ist ganz weg.
Er segelt mit vollen Segeln.
Er hat sich an Laden gelegt.
Er ist pudeldick.
Er hat seinen Talis.
Er hat sein Teil.
Er kann nicht mehr über den Bart spucken.
Er macht einen pas frisé.
Er ist dick.
Er hat des Guten zu viel getan.
Er hat pokuliert.
Er schwebt.
Er kreuzt.
Er hat satt.
Er sah Schleifkannen am Himmel.
Er ist so voll, daß er es mit den Fingern im Halse fühlen kann.
Er kann keine Ecke vorbei kommen.
Er hat sich einen Bart gemacht.
Er geht einen M-Strich. (il fait des SS)
Er ist gut gesegnet.
Er hat schief geladen.
Er hat sich schwarz gemacht.
Es spükt ihm im Giebel.
Er laviert.
Er hat etwas im Krüsel.
Er ist katzendick.
Er hat sich bespült.
Er hat geschnapst.
Er hat sich was bene getan.
Er hat sich gut vorgesehen.
Er hat einen Tummel.
Er kann kaum lallen.
Er hat Moses Zunge.
Er ist herumgeführt.
Er ist unter dem Tische.

Er sieht eine Turm-Spitze für einen Zahnstocher an.
Er hat sich besäbelt.
Er hat sich die Nase begossen.
Er hat sich begabet.
Er kann nicht mehr lallen.
Er hat sich etwas zu Gemüte geführt.
Er ist à tout.
Er hat sich betudelt.
Er hat einen Schnurren.
Er hat einen Ditto.
Er ist sternblinddick.
Er riecht nach der Fuselbulle.
Die Zunge ist ihm gelähmt.
Man hat ihn begraben.
Er ist blindhagelvoll.
Er ist so voll wie ein Dudelsack.
Er sieht aus wie ein gestochen Kalb.
Er sieht aus wie eine Ente wenns wetterleuchtet.

Es ist schade, daß es keine Sünde ist Wasser zu trinken, rief ein Italiäner, wie gut würde es schmecken.

An eben diesem Tage ersoff der *Branntweinschenke* Conradi, in Brunnenwasser. Das Wasser, das seine vermaledeite Industrie gänzlich vom Schenktisch der Musen-Söhne zu verdrängen rastlos bemüht war, hat sich an ihm gerochen.

Als ich in die Stube trat, so waren 3 von der Gesellschaft eben beschäftigt die erste Hand an einen detaillierten Diskurs über das Branntweinbrennen zu legen.

Wenn die Rhein- und Mosel-Weine gut sein sollen, so ist es nötig, daß so wenig vom Rhein und der Mosel selbst hineinfließe, als möglich ist.

Man führt gegen den Wein nur die bösen Taten an, zu denen er verleitet, allein er verleitet auch zu hundert guten, die nicht so bekannt werden. Der Wein reizt zur Würksamkeit, die Guten im guten und die Bösen im bösen.

Den gestirnten Himmel für Danziger Goldwasser ansehen, zumal in einem Tubo, wäre das sehr schicklich für einen Trinker?

Es ist vielleicht kein Volk auf dem Erdboden, sagt Barrere l.c.p. 151, das mehr säuft als diese Wilden. Sie sind sehr gesund.

Opium, Haschisch (eine Art von Hanfblättern den die Araber, um sich zu berauschen, rauchen) und *Wein*.

Eau de vie Wasser wovon man die Schwindsucht kriegt.

Der berühmte Howard konnte die Gefängnisse nicht gnauer besuchen als er die Wirtshäuser. Ein Howard für die Wirtshäuser.

Es wird gewiß in England des Jahres noch einmal so viel Portwein getrunken, als in Portugal wächst.

Der Porter ist der Tröster des gemeinen Volks, er macht daß sie weniger über das Wort Freiheit nachdenken, und selbst die Taxe weniger fühlen, die man auf ihn gelegt hat.

Hof-Lutheraner, Hof-Spinozist, pp. Vortrinker.

Meine Mutmaßung ist schon bestätigt worden. Ein Engländer hat schon vor einigen Jahren Miene gemacht, aber weiter wohl nichts, eine Wissenschaft, in deren Praxis wir keiner Nation weichen, mit dem Stempel des Systems zu zeichnen, ich meine die Kunst zu trinken. (Über die Menge der Systeme.)

Der berühmte Baco von Verulam hat schon gesagt und wir haben es wahr befunden, daß in einer Wissenschaft nicht viel mehr erfunden wird, so bald sie in ein System gebracht worden. Vielleicht würde [man] also hier dem unmäßigen Trinken steuern, wenn man der ganzen Wissenschaft die Fesseln des Systems anlegte und dadurch den schnellen Fortgang hinderte. Ich denke die großen Trinker, die Genies sollen merklich abnehmen, so bald man anfängt über die Regeln zu räsonieren, wie wir dieses [an] andern Wissenschaften zur Gnüge sehen. Wo keine Regeln sind, da sind keine Stümper.

☆ ☆

»Wenn die Fixsterne nicht einmal fix sind«: Nachrichten aus der Natur

Die Einrichtung des Weltgebäudes ist gewiß sehr viel leichter zu erklären, als die einer Pflanze. Es korrespondiert ersteres mehr mit Kohäsion und höchster Kristallisation. Doch wächst auch schon der Dianenbaum, und die schöne Eisblume an der Fensterscheibe.

Die Naturkündiger der vorigen Zeit wußten weniger als wir, und glaubten sich sehr nahe am Ziel: wir haben sehr große Schritte darauf zu getan und finden nun, daß wir noch sehr weit ab sind. Bei den vernünftigsten Weltweisen nimmt die Überzeugung von ihrer Unwissenheit zugleich mit ihrem Wachstum an Erkenntnis zu.

Bewußtsein unsrer Kleinheit auf solche Kenntnisse gegründet, als uns die Astronomie lehrt, ist nicht Demütigung, es könnte sogar stolz machen, wenn es nicht zugleich weiser machte, und ist auf unsrer Erde bloß dem Geschöpfe vergönnt, dessen Bahn ein Funken aus dem Lichtmeer der unendlichen Weisheit erleuchtet. Betrachtungen, die so sehr allem kleinen und eigennützigen entgegen stehen, können nicht oft genug wiederholt werden, sie lassen Eindrücke zurück die sich in dem einen mehr und in dem andern weniger dem ganzen System der Gedanken mitteilen. Auch sind Schriften wie diese kein unschicklicher Ort sie gemeinnützig zu machen, da selbst ein großer Teil unserer schönen Geister sein jährliches Einkommen von Weisheit aus ihnen nimmt, und käme nicht zuweilen durch diese und ähnliche Werke eine wichtige Wahrheit bei ihnen in Umlauf, so würde dieses hülflose Geschlecht, so wie es sich jetzt nur allein unter sich selbst lobt, sich nur allein unter sich selbst lesen müssen.

Wenn man das, was wir von der allmähligen Fortpflanzung des Lichts gesagt haben, mit dem vergleicht, was von dem unermeßlichen mit Sonnen durchsäeten Raum gesagt worden ist, welche Betrachtungen bieten sich dem Geist nicht dar! Von längst erschaffenen Systemen könnte das Licht noch nicht zu uns herabgekommen sein, und nach tausenden von Jahrhunderten könnte sich der ganze Himmel mit einem Nebel von Sonnen überziehen, mit Wolken in deren Tropfen sich nicht eine Sonne spiegelt, sondern deren Tropfen selbst Sonnen sind. Fixsterne die sich fort bewegen (niemand wird dieser Ausdruck irre machen) könnten schon jetzt an Stellen stehen, die sie erst nach tausenden von Jahren in den Fixsternen Verzeichnissen einnehmen werden. Umgekehrt, längst erloschene oder zerstörte Sonnen könnten uns noch immer leuchten, und den Astronomen noch immer beschäftigen, so wie, wenn wir den Knall einer in der Ferne aufgeflogenen Mine hören, das Feuer längst erloschen und von dem Pulver nichts mehr zu finden ist, das ihn hervorbrachte.

Wenn man noch einen Planeten jenseits des Saturns findet, so müßte man ihn Minerva nennen.

Ich bin einmal auf den Einfall gekommen ob nicht Saturn der mehr wie ein zerbrochener Orrery aussieht, als [wie] ein Planet, nicht wohl gar das Modell von unserem System gewesen sein könnte, welches nun, da es nicht mehr nützt, bei Seite geworfen worden ist. Diese Mutmaßung wurde beinah zur Demonstration, als ich bedachte daß Saturn 5 Trabanten hat, und grade so viel Hauptplaneten sind, wenn man den Saturn nicht mehr mit rechnet. Der Ring ist weiter nichts als eine dem Horizont an unsern astronomischen Rechenmaschinen ähnliche Vorrichtung vermutlich um Problemata aufzulösen, ja Short hat sogar die Zirkel gesehen die daraufgezeichnet sind. Diese meine Entdeckung einer so alten Urkunde für die Astronomen, wodurch man nunmehr die Tychonianer durch den Augenschein widerlegen kann, und die von dem größten Nutzen für die Astronomie sein wird, so bald die Ferngläser einmal zu der Güte gediehen sind, daß man die Charaktere auf dem Ring wird lesen können, machte mir eine ungemeine Freude. Ich wurde auch von Freunden aufgemuntert den Gedanken bekannt zu machen, weil ich aber im Erfindungs- und Genie-Stylo mich gar niemals viel geübt, so schlugen sie mir vor, den Aufsatz simpel zu machen und nichts in das Büchelchen hineinzubringen, als was nötig ist und nichts wegzulassen, als das Überflüssige, und [es] so gearbeitet nach [dem] bekannten Tollhaus zu schicken und es dort für ein Geringes bestreichen zu lassen. Dieses hab ich getan und ich muß bekennen, ich habe mein Werk nicht mehr gekannt, als es zurückkam, so wenig als die Leute ihre Schweine, wenn sie aus der Mastung kommen. Wo vorher das Gerippe beleidigend hervorsah, da war nun eine sanfte Wölbung von Speck und was sich vorher wie ein Würfel anfühlte fühlte nun die Hand angenehm wie eine Kugel, durchaus herrschte ein gewisser großer weissagender Ton, Gedanken wurden kühn gesagt und andere kühn verschwiegen, das Weggelassne ist so weggelassen daß man glaubt es wäre besser als das Hergesetzte so daß wenn man es oft liest man endlich glaubt man schwebe auf der Tiefe und könnte den Plato mit einem Wort aussprechen, und im Gedanken-Schwindel sich besser als alles was ist ewig ohne Ekel nach Gottes Zweck auf einmal genießen. Ich setze eine Probe daraus her:

Dort hängt es, hinausgerückt über die Kernschußweite des Lichts, wie groß! wie weggeworfen, das Model, Rumpelkammer dem Schöpfer, unerschöpfliches Museum für dich Mensch. Das Model einer Welt, selbst Welt – selbst vielleicht als Model bewohnt – nicht Pappdeckel nicht Messing sondern Model Gottes! – (Hier an ein Sandkorn angeschmiedet) Saturn – welche Hieroglyphe! *Coelus, Coelius,* den Griechen *Uranus, Uranie, Urarie, Orrery,* alles klar, nicht Wink sondern Fingerzeig, Wort-Hall in der Seele, Licht dem Menschen vom Schöpfer aufgesteckt und vom Menschen in Katheder-Nacht eingehüllt. Philosophieren können sie alle, sehen keiner.

Schwätzt doch nicht. Was wollt Ihr denn? wenn die Fixsterne nicht einmal fix sind, wie könnt ihr denn sagen, daß alles Wahre wahr ist?

Ich wähle diesesmal die Cometen, und zwar aus mehr als einer Ursache. Einmal scheint in unsern Tagen träge Unwissenheit, oder welches auf Eins hinausläuft, die Hoffnung, sich durch leichte Nebenwege Einsicht in den Zusammenhang der Dinge zu erwerben, einen fast gefährlichen Grad von Beifall zu erhalten; unsere Monatschriften wimmeln von Beispielen. Es ist der menschlichen Natur sehr angemessen. Wer nicht arbeiten will, legt sich aufs Spiel, weil er wenigstens dabei sitzen kann. Ein Paar Nummern zum Lotto einzuschicken ist bequemer, als auf Handel zu speculiren und Buch zu halten. Der Erfolg ist bekannt. Fürs zweite, so erwarten wir im Jahr 1789 oder 90 einen Cometen, den zweiten also, den man im eigentlichen Verstand erwartet, und da der Aberglaube, wenn er es erfährt vermutlich damit sein gefährliches Spiel treiben wird, so kann es nicht schaden, wenn Vernunft einige Jahre voraus die Anhöhen besetzt, von welchen er die Leichtgläubigkeit beschießen könnte, die sich ohnehin so leicht beschießen läßt.

Ich hole zu dem Ende etwas weit aus; verliere ich mich in Träume, so sollen sie wenigstens nicht unangenehm sein und sich nur da einstellen, wo es der Vernunft unmöglich ist zu entscheiden. In dem Fall sind Träume gewiß verzeihlich, zumal wenn man sie aufrichtig für das ausgibt, was sie sind. Es ist der Hauptvorzug unsers Geistes, und nichts zeigt so sehr seine Verwandtschaft mit dem Urheber der Welt, als dieses, daß wir nicht bloß dem gegenwärtigen Augenblick leben, nicht bloß empfinden, sondern uns des Gegenwärtigen bedienen, sowohl im Vergangenen als im Künftigen zu leben, zu erklären und zu weissagen, und eine Kraft üben deren höchste Stufe, das Überschauen von Welt Zeit und Ewigkeit im Allmächtigen ist.

Alle Materie zieht sich und alles ballt sich in der Welt. Der

Staub, den ich von einem Turm herabschüttele, schließt sich an die Erde an, von der er genommen wurde. Würde er in dem unermeßlichen Raum, fern von allen Sonnen und Planeten ausgeschüttelt, so würde er seine eigene Kugel bilden. So ist es mit dem Tautropfen auf einem Kohlblatt, so ist es mit unserer Erde und so ist es mit der Sonne. Die Ursache dieser Sehnsucht und des Zusammenhangs, der die Folge davon ist, kennen wir nicht. Wir haben Sinn für das Licht, dessen Feinheit noch niemand berechnet hat; unser Auge belehrt uns von der Existenz von Körpern, deren Entfernung unaussprechlich groß ist; man weiß nicht warum wir dieses wissen müssen; ich empfinde den subtilen Duft einer Blume, die der Wind verweht, allein das was die Himmel zusammen hält, die ehernen Ketten, die uns an die Sonne anschließen, davon empfinden wir so wenig, als von dem was nicht ist, und nie sein wird. Die Sinne des Menschen sind tot für diese Kräfte, sie würken neben ihnen vorbei. Die unaufhörlich würkende Kraft, die unsern Körper verhindert in Staub zu zerfallen oder in Dunst überzugehen, fühlen wir nicht, da uns die kleinste Bemühung, seinen Zusammenhang mit einer Nadelspitze zu trennen, Schmerz erregt. Wie weislich, daß wir die Bandagen, Klebpflaster, Nahten und Schindeln und Schnürleiber nicht fühlen, die unsere elende Hülle einige Jahrzehende zusammenhalten.

Ich habe in England Astronomen gekannt, die ihre Beobachtungen verbessert haben, und sie haben recht daran getan. Soll man nicht der Natur die Hand zuweilen führen, das sehe ich gar nicht ab. Wenn ich zween Sätze verbinden will und sie wollen nicht zusammen gehen und ich gebe einem einen kleinen Tritt, was ist denn das? Die Leute, die so räsonieren, denken immer an die Wahrheit. Sind denn Systeme gar nichts? Die Wahrheit wird nicht ärmer, wenn ich aus einer 3 eine 2 mache, aber mein System kann wohl gar fallieren. Es freut mich daher immer wenn ich in unsern besten physikalischen Schriftstellern den wackeren philosophischen Ausdruck lese, daß der Versuch den sie zur Bestätigung eines Satzes angestellt haben über alle Erwartung gut ausgefallen sei. Es ist etwas darin, das sich besser fühlen als sagen läßt. Ich kann gar nicht begreifen, wie Leute über so etwas spotten können. Mir kommen die Freuden-Tränen in die Augen.

Tobias Mayer hat hinten in eines seiner Bücher geschrieben: *quaeritur*

Ist es besser wenig und das deutlich zu wissen, oder viel und undeutlich?

Über die Fortrückung der Nachtgleichen und der Essenszeit. Die letztere zu untersuchen ist so wichtig für den Moralisten, als die erstere für den Astronomen.

Wir fangen unsern diesjährigen Calender wiederum mit Nachrichten aus dem Himmelreiche an, und vorzüglich aus dem Staate in demselben, dessen Mitglieder wir selbst sind, ich meine aus unserm Sonnensystem. Bekanntlich ist dieser Staat monarchisch, und die Ungleichheit der Stände in demselben so auffallend, daß, ich will nicht sagen die ehemahligen Frankreicher sondern die Erdreicher überhaupt kaum etwas ähnliches aufzuweisen haben. Es tut mir daher, zumal des Herrn Verlegers wegen, in der Seele weh, daß meine Nachrichten aus diesem Reiche gar nicht so beschaffen sind, wie man sie im letzten Decennium dieses Jahrhunderts mit Recht aus jedem monarchischen Staate, in jeder patriotischen Lesegesellschaft erwartet. Wir wollen daher nicht läugnen, daß wir sehr gern etwas von einer Revolution gemeldet hätten, vorausgesetzt, daß unsere Erde, auf der wir nun einmal eingerichtet sind, nicht mit darin begriffen gewesen wäre. Allein es ist gar nichts von der Art vorgefallen; alles ist fast unerträglich ordentlich zugegangen. Mars schleicht noch immer ohne Trabant um die Sonne, während alle seine Nachbarn damit versehen sind, worunter einer jetzt sogar ihrer sieben hält, der also gar wohl einen missen könnte. Ich rede hier vom Saturn, dessen Hofhaltung ohnehin fast einem kleinen Status in Statu ähnlich zu sehen anfängt. Ja unter dieser Dienerschaft finden sich Massen (denn dort sind die Massen, was bei unsern Staatsverwaltungen Gaben des Geistes sind), die respectabler sind als Mercur, auf dessen große Vorrechte sie indessen keine Ansprüche machen. Selbst ein Comet, die einzige Classe von Geschöpfen, von deren eccentrischem Verfahren ein ehrlicher Mann noch irgend einmal zweckmäßig Verwirrung erwarten könnte, kam heran, salutirte aber bloß die Monarchie mit dem Schweife, und zog sich in der schönsten Ordnung wieder zurück. Also von der Seite gibt es wenig tröstliches.

Sind Wir nicht auch ein Weltgebäude, so gut als der Sternenhimmel und eines das wir besser kennen sollten, und besser kennen könnten, sollte man denken, als das dort oben.

Geologische Phantasien
(Franklins Geogenie)

Wir haben im Taschenbuch vom vorigen Jahre versprochen, einiges von den Vorstellungen zu sagen, die sich die Menschen von der Entstehung unserer Erde und von den Ursachen gemacht haben, durch welche die großen Revolutionen bewirkt worden sind, die wir auf der Oberfläche derselben dokumentiert finden. Der Gegenstand ist einer von den wichtigsten, der sich denken läßt, wo nicht in allen seinen Teilen für den Geologen, doch für den Psychologen; wo nicht für die Geschichte der Erde, doch für die Geschichte des menschlichen Geistes. Wirklich gehören auch unter den funfzig Versuchen (voriges Jahr zählten wir 48) die Sache zu erklären, die uns bekannt geworden sind, gewiß 9/10 eigentlich in die Geschichte des letztern. Es ist unglaublich was die Revolutionen auf der Erde für Revolutionen in den Köpfen nach sich gezogen haben. So wie man in der ersten Seetiere auf den Spitzen der Berge findet, ohne eine Spur von See weit und breit, so findet man in letztern mit Erstaunen Konklusionen, ohne nur eine Spur von festen Prämissen so weit nur das Auge reicht. Man hat über Woodward gelächelt, der, um die Revolutionen auf der Erde zu erklären, annahm, einige ewige Gesetze der Natur wären ad interim ein wenig aufgehoben worden; aber fürwahr ich würde über keinen Menschen lächeln, der, um jene Revolutionen in den Köpfen zu erklären, annähme, die Gesetze des Denkens wären in derselben aufgehoben worden; ad interim wenigstens. Kaum werden es unsere Leser glauben, daß man die großen Zähne, die man im nördlichen Amerika am Ohio findet, für Backenzähne der gefallenen Engel halten könnte, wenigstens bei den gottlob! bestehenden Gesetzen des Denkens nicht. Und doch hat es ein Franzos behauptet, lange vorher, ehe es in Frankreich Mode wurde, Gesetze der Natur ad interim aufzuheben. Es ist eine traurige Betrachtung so die Gesetze des Denkens mit den Gesetzen der Bewegung, der Schwere und der Kohäsion zu vergleichen. Wenn der Mensch rasen und erkranken kann, was in aller Welt kann nicht rasen und erkranken? *Erbarmen, Erbarmen* daher über jene Schriftsteller! Was sie in der Außenwelt zu finden glaubten, hatten sie vielleicht zuerst typisch in ihrem Kopf gefunden, und durch Konklusionen, die fürwahr nicht so ganz ohne alle Prämissen da hängen, in die Welt hinüber getragen. Ohne die größte Unbilligkeit zu begehen, kann man diese Menschen sicherlich nicht verächtlich finden. Wir, die wir die *Monarchie* der *sogenannten* gesunden Vernunft *anerkennen*, können nicht wissen, wie selig und wie wichtig der Mann ist, der ohne allen Zwang derselben frei für sich denkt. Wir nennen ihn einen Narren, aber das ist ein bloßer Titel; er antwortet uns mit einem Lächeln, und das ist sehr viel mehr.

Wir haben diesen Aufsatz überschrieben: *Geologische Phantasien. Phantasien*, weil vieles hier vorkommen wird, was eigentlich das angenehme Werk dieser Zauberin ist. Denn ich sehe nicht warum man ihr wehren will auch hier ihr unterhaltendes Spiel zu treiben, solange sie sich aller Ansprüche auf unsern Glauben begibt. Wer in der Welt wird ihr nicht gern in ihre Schöpfung folgen, wenn sie, was sie erschafft, durchaus nach Vorschriften der Vernunft lenkt und regiert, ja wenn sie sogar den ersten Hauch, der ihr Werk beseelt, der Natur abborgt und dadurch die Vernunft selbst zu dem Geständnis zwingt: *Es könnte wohl so sein; ja es ist vielleicht so.* Doch das ist bei weitem noch nicht alles. Wie oft hat sie nicht mit ihrem wilden und rauschenden Fluge Ideen aufgejagt, die sich vor dem Falkenauge der Vernunft versteckt hielten, und die diese nachher mit Begierde ergriff. So sah Milton die allgemeine Schwere, und England hat seine viele *wieder gefundenen* Paradiese größtenteils des großen Dichters *verlornem* zu danken. Es ist mit dem Erfinden eine ganz eigne Sache; die Wünschelruten, die man dazu vorgeschlagen hat, schlagen nur dem auf Gold, der es ohne sie wohl auch gefunden hätte. So ist Bacons Organon freilich ein vortreffliches *heuristisches Hebzeug*, aber es will gehoben sein. Ich habe Leute gekannt von schwerer Gelehrsamkeit, in deren Kopf die wichtigsten Sätze zu Tausenden selbst in guter Ordnung beisammen lagen, aber ich weiß nicht wie es zuging, ob die Begriffe lauter Männchen oder lauter Weibchen waren, es kam nichts heraus. In einem Winkel ihres Kopfs lag Schwefel, im andern Kohlenstaub, im dritten Salpeter genug, aber das *Pulver* hatten sie nicht erfunden. Was ist das? Hingegen gibt es wiederum Menschen, in deren Kopf sich alles sucht und findet und paart, und läge es auch anfangs eine ganze Kopfsbreite aus einander. Es läßt als wären die Stamina großer Gedanken in einem reineren Menstruum feiner aufgelöst und leichter aufgehängt, um sich sogleich nach Gesetzen der natürlichsten Verwandtschaft zu ziehen und zu den schönsten Formen zu sammeln. Ein solcher Kopf war der, der auf Keplers Schultern saß, und dieses, wie ich glaube, in einem so eminent hohen Grade, daß man billig das ganze Geschlecht, den wahren Geistesadel, darnach benennen sollte. Nun bedenke man aber des Mannes schaffende *Phantasie* (hier steht das Wort). Wie nah ist er nicht oft der Schwärmerei? Und wer will ausmachen, wo er gewesen ist, wenn er der Vernunft bloß übergibt, *Was* er gefunden hat, ohne sich auf das *Wie* einzulassen. Hier muß man nichts wegwünschen. Hätte man diesem Adler nur eine einzige Schwungfeder ausgezogen, er hätte sich der Sonne nicht so entgegen geschwungen. Phantasie und Witz sind das leichte Corps, das die Gegenden rekognoszieren muß, die der nicht so mobile Verstand bedächtlich beziehen will. Ein kleiner Fehltritt schadet jenen nicht, aber freilich, wehe ihnen, wenn sie sich zu weit entfernen, oder gar ohne Verstand und Urteilskraft für sich allein agieren. Sie werden alsdann gemeiniglich von jedem geschlagen, der sich diese geringe Mühe nehmen will. Dieses ist alles sehr bekannt. Ich habe sehr früh gehört: jeder gute Kopf müsse wenigstens *einmal* in seinem Leben Verse gemacht haben. Alles dieses hängt zusammen.

So sehr wir uns aber auch wegen dieser Spiele der Phantasie gerechtfertigt zu haben glauben, für ein Büchelchen, das nicht bloß zur Belehrung, sondern auch zum Vergnügen dienen soll, und das seine Absicht nie vollkommner erreicht, als wenn es beide verbindet; so wenig wollen wir dadurch jene Träume in Schriften rechtfertigen, die der Belehrung allein gewidmet sind. Am allerwenigsten Träume über Gegenstände, wobei die Beobachtung bei weitem noch nicht alles geleistet hat, was sie leisten *kann*, und, wenn man nur nicht verzweifelt, oder, welches sehr viel schlimmer wäre, lieber angenehm träumt, als bei Anstrengung wacht, auch leisten wird. Man ist in unsern Tagen, wie mich dünkt, hauptsächlich in unserm Vaterland hierin traurig weit gegangen. Doch dieses ist nicht für diesen Ort. Nur zum Beschluß dieser Einleitung eine kleine Regel: Ehemals glaubte man, die Bibel lehre Physik, und man pries die Leute heilig, die es glaubten. Von diesem Glauben bin ich nicht. Aber daß die Anordner ihrer Bücher Methode haben lehren wollen, glaube ich fast, und eine Methode die man jenen Physikern nicht genug empfehlen kann: *sie haben die Offenbarung Johannis ans* ENDE *gestellt.*

Wenn ein Schacht durch den Mittelpunkt der Erde getrieben würde, so würde man ohne Hindernis hineinspringen können, wenn sonst die Luft einen nicht tödete am Mittelpunkt der Erde würde man eine Geschwindigkeit haben mit der man wieder bis an die andere Öffnung des Schachts fiele und ganz gemächlich ankäme.

Beim Vortrag physikalischer Wahrheiten zum Unterricht für junge Leute soll man immer die vorzüglichsten zuerst wählen, sie kleben einem beständig an. Die schlechtern behalten sich leichter, wenn man die guten weiß, als die guten, wenn man sich einmal einen schlechten eingeprägt hat.

Meine Fragen über die Physik könnten vielleicht den Titul bekommen: *Vermächtnisse.* Man vermacht ja auch Kleinigkeiten.

Die hitzigsten Verteidiger einer Wissenschaft, die nicht [den] geringsten scheelen Seitenblick auf dieselbe vertragen können, sind gemeiniglich solche Personen, die es nicht sehr weit in derselben gebracht haben, und sich dieses Mangels heimlich bewußt sind.

Wenn sie die Wahrheit in der Natur gefunden haben, so schmeißen sie sie wieder in ein Buch, wo sie noch schlechter aufgehoben ist. Formuln.

Von der leichten Ordnung der Natur bis zur erzwungenen Regelmäßigkeit eines aufgeputzten Dummkopfs.

Also in Göttingen sind in einem halben Jahrhundert und drüber nur drei Menschen vom Blitze getödet worden, und dieses, welches ein Hauptumstand ist, nicht einmal in *drei* verschiedenen Schlägen, sondern in *zweien*. Ferner, so weit die Erinnerung alter Menschen und die hiesige Chronik reicht, hat der Blitz hier niemals gezündet, ausgenommen im Jahre 1555, zwischen Weihnachten und Neujahr, unsern damals viel höhern Jakobiturm, und dann einmal in einem Pulverturm. Doch wurde nicht der Turm gezündet, sondern das Pulver; also Wohnhäuser, so weit unsere Erfahrung reichet, eigentlich nie, und dennoch fürchtet man sich, wie ich höre, noch hier und da bei einem Donnerwetter wie bei einer Belagerung. Ich bitte Euch, teuerste Phantasiekranken, wenn es donnert, einmal einen Augenblick nur an das Wort *Belagerung* zu denken und euch allenfalls an unsere *braven Landsleute*, zum Beispiel in Menin, zu erinnern, wo es überall donnerte und blitzte, überall einschlug, überall zündete, und überall tödete, und das in einer *Viertelstunde* mehr, als der Blitz bei uns in *500 Jahren*. Und dennoch fürchtet ihr euch, die ihr bei der herrschenden Ruhr gelassen bleibt? Also so viel vermag eine finstere Wolke und ein bißchen Donner über Euch! O! ich fühle, daß es fast kindisch ist, selbst bei dem *schweresten* Donnerwetter, an die leichteste Belagerung zu erinnern, aber ich weiß auch, daß manche Menschen, die sich vor dem Tode fürchten, es gar wohl vertragen können, daß man sie mit Rettungsmitteln erstickt. Jemand, der sich aus Furcht nicht entschließen konnte sich einen Zahn ausziehen zu lassen, ging mit hohem Mute an das Werk, nachdem man ihn an die Gelassenheit erinnert hatte, womit Sokrates seiner großen Seele den Körper auszog. Wenns nur hilft. Jedermann ist Herr in seiner Geistes-Ökonomie, und wir wollen uns nicht darum bekümmern, warum es gut geht, wenns nur gut geht. Ist doch wohl manche große Heldentat, in der nachher der Geschichtschreiber auf der Stube große Plane witterte, getan worden, auf daß eine Opernsängerin den Namen des

Helden in den Zeitungen lesen möge. *So wird die Welt regiert*, also warum nicht ein Herz, das an der Donnerfurcht (Brontophobie) erkranket. Man schaffe alles herbei, und denke sogar an seine braven Landsleute in Menin. Ich weiß, daß dieser Trost so wirksam gewesen ist, daß, während der Donner rollte, und der Regen wie Hagel an die Fenster schlug, der Patient dabei selbst über seine eigene Furchtsamkeit zu lächeln anfing, des Kontrasts wegen. Er fühlte sich lächerlich und bei diesem Gefühl, sehr wohl. Wirklich ist es auch die einzige Lage in der Welt, worin sich allenfalls ein Mann von Ehre mit Wohlbehagen lächerlich finden läßt, wenn er dem eingebildeten Todes-Streich, den er ängstlich schon über sich schweben sieht, dadurch entgehen kann, daß er sich dem wohlgemeinten Spotte eines gutmütigen Freundes auf ein paar Minuten aussetzt. Besser aber, man spottet über sich selbst. Ich rate also noch einmal, beim Donnerwetter an Belagerung zu denken, das Lächeln über sich selbst wird schwerlich ausbleiben. Soviel gegen unsere armen Phantasiekranken. Nun aber auch ein Wort *für* sie.

Zum Teil liegt freilich der Grund von jener übermäßigen Furcht da, wo noch so mancher andere von unserm Elend liegt, in der Erziehung. *Hoch! der liebe Gott zürnt*, sagt man Kindern, wenn es donnert, aber nicht *Siehe! Er zürnt*, wenn man ihre kleinen Mitbrüder bei einer Pocken-Epidemie zu halben Dutzenden an einem Tage zu Grabe trägt. Diese traurige Vorstellung wird dann ferner noch durch eine andere sehr alltägliche begünstigt, daß der liebe Gott seinen Wohnsitz unmittelbar über den Wolken habe, so wie diese wiederum Unterstützung durch *Mythologie* erhält, die man immer noch (freilich mit Recht) neben dem Christentum her treibt. Hierzu kömmt dann unwandelbare, menschliche Natur; die unwiderstehliche Macht des Klanges über unser ganzes Wesen. Selbst die gefühllosesten Menschen werden durch den Donner der Pauken bei einem: *Herr Gott dich loben wir*, an einem Dankfest, dem übrigens ihr Herz beipflichtet, zu Tränen hingerissen; und Händels majestätisches: *Gib ihnen Hagelsteine für Brod (Give them hailstones for bread)*, wirkt mit der

Macht des Donners auf die Versammlungen. Auch der Wilde fürchtet den Knall der Kanone schon, ehe er noch die Wirkung ihrer Kugeln kennt. Ich möchte wohl wissen, ob man Beispiele von Taubgebornen hat, die sich vor dem Gewitter gefürchtet haben. Wenn mich mein Gefühl nicht täuscht, so glaube ich, ich würde mich ehemals wenig oder gar nicht vor einem Gewitter gefürchtet haben, das nicht gedonnert hätte. Jetzt kann es dem Guthörenden wenig helfen, wenn er die Ohren zuhält, aber daß es doch, *etwas wenigstens*, helfen soll, haben mich große Kenner aus eigener Erfahrung versichert. Gegen diese durch schlechte Erziehung erst eingepflanzte und dann durch menschliche Natur von einer Seite begünstigte Furcht, weiß ich in der Welt keinen Rat, als man lehre den Patienten *Wahrheit* in ihrer reinsten Form, die schadet niemals. Man erkläre ihm was das Gewitter ist, ohne leichtsinnige Herabsetzung noch ängstliche Übertreibung der Gefahr. Man vergleiche die Gefahr dabei mit der von Krankheiten, wie wir oben gesehen haben, und zeige mit aller der Stärke, die man dem Satze, ohne tiefe Einsicht und ganz ohne Rednerkünste so leicht erteilen kann, daß die Gewitter die leichtesten Epidemien sind die einen Landstrich befallen können. Eigentlich gar keine. Der Schlagfluß, vor dem kein Mensch einen Augenblick sicher ist, tödet in jedem Städtchen in einem Jahre mehr Menschen, als der Blitz in einem großen Lande, in zehen. Man sage ihm, daß der Blitz, dessen Donner die Erde beben macht, sich durch ein wenig Draht oder ein bißchen Vergoldung hinleiten läßt, wo man ihn hin haben will. Daß er Menschen tödet, (jedoch nicht einmal alle die er trifft,) habe er mit jedem fallenden Dachziegel, und daß er Häuser anzünde, mit jedem verwahrlosten Lichte gemein. Bei weitem die wenigsten Feuersbrünste rühren vom Blitze her, gerade so wie bei weitem die wenigsten gewaltsamen Todesarten. Man sage ihm dieses. Kann er sich bei dieser Lehre des Lächelns nicht enthalten (welches gottlob! gewöhnlich der Fall ist), desto besser. Ja ich rechnete schon zum voraus auf dieses Lächeln, als ich es niederschrieb: *daß bei weitem die wenigsten Feuersbrünste vom Blitze herrührten*. Es ist immer gut und selbst angenehm, *Furcht* und *Trost* sich auf einer Stelle begegnen und bekomplimentieren zu lassen, wo der Rangstreit längst entschieden ist. Wenigstens für einen Dritten. Wäre es möglich unsere *tagtägliche* Feuersgefahr durch Donner anzudeuten, es würde nicht aufhören zu donnern, zumal an Orten, wo man des Nachts im Bette studiert. Gottlob, daß die meisten dieser oft nahen Schläge *kalt* sind. Soviel von Gewitterfurcht für den Menschen, der seiner Vernunft noch mächtig ist. Er wird nach einiger Übung finden, daß zwar der Donnerschlag bei ihm nichts von seiner Erhabenheit und Größe verlieren, aber in ihm eben das seelenstärkende, hohe, andächtige Gefühl, *ohne alle Furcht*, erwecken wird, womit ihn der Pauken-Donner bei einem: *Herr Gott dich loben wir etc.* erfüllt. Was ihm sonst schrecklich war, wird ihm nun eine Art von Unterhaltung werden, die er außer dem Trost, den er andern Anwesenden damit reicht, sogar erdlich machen kann. Ein kleiner Wink für Hausväter und Hausmütter, den ich zu verstehen bitte. – Armseligen Nervenkranken kann freilich nicht gepredigt werden, für die ist die Kirche aus; man muß sie dem Arzt übergeben, der sie nach der Apotheke begleitet. Ein Spaziergang, der, die Begleitung des Arztes abgerechnet, an manchen Orten ohnehin schon sehr gewöhnlich sein soll.

Aber nun! Wenn es gar in unsrer Macht stünde, diesen Blitz, vor dem wir uns, der Pauken-Parade wegen, womit er sich zeigt, so sehr fürchten, ganz von unsern Häusern, wo nicht zu entfernen, doch ebenso unschädlich für sie zu machen, und ihn ebenso von uns abhalten zu können, wie wir von uns und unsern Meubeln den Regen durch Dächer abhalten. Aber dieses *können* wir. Und zwar gerade mit der Zuverlässigkeit, mit der wir uns gegen den Regen unter einem guten Obdach, und gegen den Sonnenstich unter einer dichten Laube verwahren. Daß dieses nicht jedermann glaubt, ist nicht zu verwundern. Wir haben so selten Gelegenheit die Probe zu machen, weil leider! jene Schirme gegen den Blitz noch immer nicht den allgemeinen Eingang finden wollen, der nötig wäre jene Überzeugung endlich zu bewirken. Wäre zum Beispiel eine ganze Stadt mit Blei oder Kupfer gedeckt, so daß auch kein Stall ohne ein solches Dach wäre, und würden diese Dächer alle gehörig durch Metall mit der Erde verbunden: so würde man gar nichts mehr von schädlichen Wirkungen des Blitzes an diesem Orte hören, ja man würde am Ende gar nicht mehr wissen, ob und wo der Blitz herabgefahren sei, wenn er herabgefahren wäre. Nach einer Generation würde sich alles Schreckliche hierbei völlig verlieren; man würde dem Donnerwetter, das man jetzt wie eine Belagerung fürchtet, zuhören, wie der Kanonade bei einer Musterung, und dem Wetterstrahl zusehen wie einem Lustfeuer. Hörte man von andern Orten her, daß unarmierte Häuser vom Blitz gezündet oder Menschen in denselben getödet worden wären, so würde man dieses ebensowenig seltsam finden, als daß es jemanden auf seinen Speicher regnet, wenn das Dach nicht verwahrt ist, oder daß jemand bei einem Gewitter naß wird, der sich nicht unterstellt. So muß es kommen, wenn alle Gewitterfurcht sich von der Erde verlieren soll. Man muß nur deutlich und anschaulich einsehen lernen, daß man sich vor dem Blitze sichern kann, wenn man will. Wer es nicht tun will, gut, *habeat sibi*, wenn er getroffen wird oder ihm sein Haus abbrennt. Ich habe oben das Donnerwetter mit der Ruhr verglichen, vielleicht schadet es nicht, es hier noch zu guter Letzt einmal mit der Winterkälte zu vergleichen, also Wetter mit Witterung. Eine strenge Kälte ist etwas sehr viel Fürchterlicheres und Gefährlicheres als alle Donnerwetter von sechs Sommern zusammen genommen, ob es gleich gemeiniglich sehr stille dabei hergeht. Warum fürchtet man sich nicht davor? Deswegen weil wir sichere Ableiter für dieselbe haben, Brennmaterialien und Kleidung. Wenn wir auch hören, daß Menschen, denen ihre Geschäfte oder ihre Armut nicht verstatteten die Ableitung gehörig anzubringen, um ihre gesunden Glieder oder gar um ihr Leben durch die Kälte gekommen sind; so beklagen wir diese Unglücklichen mit Recht, aber die Kälte selbst wird uns durch solche Beispiele nicht schrecklicher, weil wir wissen, woran die Schuld lag. Ebenso und nicht um ein Haar anders verhält es sich mit dem Blitze. So weit hat man es in der Naturkunde gebracht. Die Häuser werden von ihm gezündet und Menschen von ihm getödet, weil sie nicht für Ableitung desselben gesorgt haben. Der Mensch, der sich bei einem Donnerwetter unter einen hohen Baum stellt, handelt ebenso unvorsichtig, als der, der sich bei einer strengen Kälte im Freien dem Schlafe überläßt. Wir wissen jetzt mit dem Grade von Zuverlässigkeit, daß man sich vor dem Blitze verwahren kann, mit dem wir es von der Kälte wissen. Daß man an die Verwahrung gegen den ersten nicht so gerne geht, weil sie eines Teils kostbar und andern Teils das Einschlagen sehr selten ist, ändert hier für unsere Betrachtung schlechterdings nichts. Genug, daß der Satz außer allem Zweifel ist: *Die Menschen werden vom Blitze getroffen und ihre Häuser angezündet, weil sie es nicht anders haben wollten*. Was die Ursache hiervon ist: Knauserei, Leichtsinn, Unwissenheit oder sonst etwas, darum haben wir uns hier nicht zu bekümmern.

Die Gewitter stiften viel moralisches Gute, sie legen Familien-Zänkerein bei, wenn sich die Leute nämlich fürchten. Die Freude daß sie vorüber sind mit der unschädlichen Majestät des Abzugs derselben, öffnet die Herzen pp.

Galgen mit einem Blitzableiter.

Die Welt muß noch nicht sehr alt sein, weil die Menschen noch nicht fliegen können.

Vermischte Gedanken über die Aërostatischen Maschinen

Unser achtzehntes Jahrhundert wird sich sicherlich nicht zu schämen haben, wenn es dereinst sein Inventarium von neu erworbnen Kenntnissen und angeschafften Sachen an das neunzehnte übergeben wird, auch selbst wenn die Überreichung morgen geschehen müßte. Wir wollen einmal einen ganz flüchtigen Blick auf dasjenige werfen, was es seinem Nachfolger antworten könnte, wenn es morgen von ihm gefragt würde: was hast du geliefert und was hast du Neues gesehen? Es könnte kühn antworten: Ich habe die Gestalt der Erde bestimmt; ich habe dem Donner Trotz bieten gelehrt; ich habe den Blitz wie Champagner auf Bouteillen gezogen; ich habe Tiere ausgefunden, die an Wunder selbst die Fabel der Lernäischen Schlange übertreffen; Fische entdeckt, die, was der olympische Jupiter nicht konnte, die schwächern, selbst unter dem Wasser, mit unsichtbarem Blitz töden; ich habe durch Linné das erste brauchbare Inventarium über die Werke der Natur entwerfen lassen; ich habe einen Kometen wiederkehren sehen, als der Urlaub aus war, den ihm mein Halley gegeben hatte, und in meinem 89sten Jahr erwarte ich den zweiten; statt einer einzigen Luft, die meine Vorfahren kannten, zähle ich dreizehn Arten; ich habe Luft in feste Körper und feste Körper in Luft verwandelt; ich habe Quecksilber geschmiedet; ungeheure Lasten mit Feuer gehoben; mit Wasser geschossen wie mit Schießpulver; ich habe die Pflanzen verführt, Kinder außer der Ehe zu zeugen; Stahl mit brennendem Zunder wie Butter fließen gemacht; ich habe Glas unter dem Wasser geschmolzen; das Gold von seinem Thron, den es als schwerster Körper Jahrtausende usurpierte, heruntergeschmissen und ein weißes Metall eingesetzt; ich habe eine neue Art vortrefflicher Fernröhre angegeben, die selbst Newton für unmöglich hielt; ich habe die Pole des natürlichen Magneten in einer Sekunde umgekehrt und wieder umgekehrt; ich habe Eier ohne Henne und ohne Brütwärme ausgebrütet. Ich habe gemacht, daß man jetzt einen Bischof zu Rom hat so gut wie zu Hildesheim. Ich habe einer mächtigen und gefährlichen Ordens-Hydra den Kopf zertreten. Und was ich gesehen habe? O genug. Ich habe Peter den Ersten gesehen, und Katharina und Friederich und Joseph und Leibniz und Newton und Euler und Winckelmann und Mengs und Harrison und Cook und Garrick. Bist du damit zufrieden? Gut. Aber sieh noch hier ein paar Kleinigkeiten: Hier habe ich einen neuen ungeheuren Staat, hier einen fünften Weltteil, da einen neuen Planeten, und ein kleines überzeugendes Beweischen, daß unsere Sonne ein Trabant ist, und sieh hier endlich habe ich in meinem 83sten Jahr ein Luftschiff gemacht...

Schon im Oktober vorigen Jahrs hatte ich den Gedanken, die Haut zu gebrauchen, worin die Tiere, hauptsächlich die Kälber, Füllen, Ziegen und Lämmer in Mutterleibe liegen. Es hielt aber anfangs schwer, sie von den Leuten zu erhalten. Gleich der erste Versuch fiel sehr gut aus, eine kleine Blase daraus verfertigt, erhielt sich ungefirnißt 16 Stunden an der Decke eines stark geheizten Zimmers. Es lassen sich daraus Kugeln von einem Fuß im Durchmesser und darüber aus *zwei Stücken* verfertigen, da die Franzosen die ihrigen aus Goldschlägerhaut mit einer Mühe zusammensetzen, der die Sache nicht wert ist. Das Verfahren ist kurz dieses. Man sucht von der ganzen Haut worin das Tier gewickelt war, solange noch alles frisch ist, die äußere (Chorion) abzuziehen, welches sehr leicht und geschwind geht, da denn die innere, das Schafhäutchen (Amnium) welches eigentlich hierbei gebraucht wird, übrig bleibt, diese wird auf der Seite, so sie an dem Chorion angesessen, noch mit einem Falzbein von Schleim und gröbern Teilen, die daran etwa hängen geblieben sein mögten, gereinigt. Von diesem Amnium werden die großen Stücke, die sich vortrefflich dehnen lassen ohne zu zerreißen, sogleich über einen hemisphärischen mit trockner Seife bestrichnen Klotz gespannt und angezogen; wird die Kugel nicht viel über einen Fuß im Durchmesser, so kann jede Hemisphäre aus einem einzigen Stück gemacht werden, ohne die mindeste Falte. Will man sehr große Kugeln machen, so kann man sich zu den Formen großer Kessel bedienen und Stücke Amnium darauf kleben, wo eines aufhört wird ein anderes übergelegt, beim Trocknen leimen sie sich so vortrefflich durch ihren eignen Leim zusammen, daß man kaum eine Spur der Zusammensetzung sieht. Wenn alles trocken ist, so sieht der Klotz aus, als wäre nichts darüber gespannt, so dünne und durchsichtig ist diese Haut. Beim Losmachen vom Klotz ist nur unten beim Anfang einige Sorgfalt nötig. Ist der Rand einmal einen Fingerbreit los und aufgeschlagen, so zieht sich das übrige leicht wegen der Seife ab und eine Hemisphäre ist fertig. Sind nun beide auf diese Weise gemacht, so ist, um sie dauerhaft und in wenigen Minuten zusammen zu leimen, ein Griff nötig, den ich, weil er nicht jedermann gleich einfallen möchte, beschreiben will. Man macht das eine Hemisphärium so, daß wenn man beide in einander steckt, das innere noch um einen Finger breit am Äquator vorsteht, daher der Klotz auch so eingerichtet ist, daß der hemisphärische Teil wie bei manchen Haubenstökken noch einen zylindrischen Fortsatz hat. Stecken sie nun so in einander, das größere inwendig, so stülpt man sie beide zusammen auf den Klotz, bestreicht den vorstehenden Ring mit einem feinen Kleister, Hausenblase etc. und schlägt ihn alsdenn über die obere Halbkugel auf, und reibt ihn mit der größten Bequemlichkeit an. Ist der Leim trocken, so nimmt man alles ab, und zieht die innere Halbkugel, wie das Futter in einer baumwollenen Mütze heraus, nachdem an den einen Pol ein Federkiel oder noch besser ein Ring von Kork eingesetzt worden ist, den man zupfropfen oder auch mit einem kleinen Stückchen aus dieser Haut zukleben kann.

Wozu können nun diese Kugeln nützen? Diese Frage ist so oft an mich getan worden schriftlich und mündlich, daß ich hier nur kurz einiges berühren will, Ernst und Scherz, Versuche zum Nutzen und zum Vergnügen durcheinander. Viele Artikel erforderten eine umständliche Ausführung und mehr Sachkenntnis, als ich beim größten Teil unserer Leser voraussetzen kann, oder ohne ein ganzes Buch zu schreiben hier lehren könnte. Wir wollen hierbei fürs erste wenigstens keine größere Vollkommenheit in der Maschine voraussetzen, als sie bereits schon hat, das längere Ausdauern in der Luft ausgenommen; also keine Luftschiffe mit Segel und Steuer-Ruder, sondern bloße Bälle, die an einem Leitseil über die Wolken hinaus mit und ohne Menschen steigen, und auf gegebene Signale hin und her und auch herabgezogen werden können.

1) Wird man dadurch Riesen-Schritte in der Kenntnis unserer Atmosphäre tun, Abnahme ihrer Dichtigkeit, Wärme, Feuchtigkeit, Ab- oder Zunahme der Elektrizität der Luft, die Höhenmessungen durchs Barometer, die Lehre vom Schall und dessen Fortpflanzung, die von der Refraktion, von Bewegung der Körper in elastischen Mitteln. Kenntnis der Ebbe und Flut der Luft; Kenntnis der in großen Höhen zu vermutenden Passatwinden. Die Untersuchungen des Nordlichts, der Lichtstreifen, die durch keine Drachen erforscht werden können, der magnetischen Kraft, der Entstehung des Hagels, des Schnees etc. werden unendlich gewinnen.

2) Rechtfertiget der vortreffliche Versuch des Herrn de Romas zu Nérac, mit einem Drachen, die Mutmaßung, daß es nur bloß auf den Menschen ankomme, ob er künftig ein anrückendes Donnerwetter haben will oder nicht. Eine solche Kugel mit metallnen Spitzen oder Trotteln versehen und an einem schicklichen Leitseil zu rechter Zeit in die Höhe gelassen, wird das stärkste Donnerwetter zum Schweigen bringen. Blitze sind gewaltsame Durchbrüche einer angehäuften elektrischen Materie, so wie Überschwemmungen Durchbrüche von Deichen; diesen muß der Mensch entgegen arbeiten, die Zeiten sind ja ohnehin schon so ziemlich vorbei, da man das liebe Gewitter verehrt, wie die Egyptier die lieben Krokodile, von denen sie mit landesgottheitlicher Herablassung aufgefressen werden. Wohlverstanden, eine solche Kugel soll kein Blitzleiter werden, sondern das ganze Donnerwetter über dem Ort stille machen, wie Herrn de Romas Drache. Allein Drachen sind nicht immer anzuwenden. Die schwersten Donnerwetter kommen oft ohne Wind, und werden alsdann durch ihre Dauer so sehr gefährlich, und da

steigt kein Drache; ja bei den meisten Gewittern, läßt der Wind mit dem sie sich nähern nach, wenn sie uns über dem Kopf stehen, die Drachen kommen also herab gerade zu der Zeit da sie in der Höhe am nötigsten sind, und endlich erfordert der Drache eine Behandlung, die den Leuten, die ihn steigen lassen, gefährlich werden kann. Vermutlich, ja fast gewiß, wird es auch zu hageln aufhören. Daß eine solche Kugel gut einzurichten viel kosten würde, ist kein Einwurf. Die Festungen kosten unendlich mehr, und ziehen meistens die Donnerwetter erst recht herbei die sie abhalten sollten.

3) Die Signal-Sprache wird dadurch zum Erstaunen erweitert, und dazu können schon Kugeln von 6,8 Fußen dienen. Zur See wäre der Nutzen unermeßlich, auch bei Belagerungen, der Besatzung allerlei bekannt zu machen, wozu die Sprache durch Raketen nicht wortreich genug ist, auch könnte die Besatzung dem Land allerlei zu verstehen geben, und die belagernden Ingenieurs könnten sich indessen üben das Leitseil entzwei zu schießen.

4) Wird die Kugel so groß gemacht einen Menschen zu heben, so wird der Nutzen unabsehbar. Armeen zu rekognoszieren, Terrain aufzunehmen und für die Schlacht zu besehen. Dem Schiffskapitän, der Hunderte von Toisen über seinem Mast schweben kann, entfernte Insuln zu sehen, wodurch die Findung der Länge sehr erleichtert würde; den kürzesten Weg aus dem Eis zu finden, vielleicht endlich gar einmal dadurch in einem glücklichen Sommer eine nördliche Durchfahrt. Dem Physiker nachdem er eine Gegend durchwandert, dieselbe nun auf einmal mit dem Auge zu fassen. Die Bergketten zu übersehen, und in die Krater erloschner Vulkane hineinzuschauen wie in die Mondsflecken, und auf einmal Ähnlichkeiten zu entdecken, die jetzt dem Blick des Witzigsten entwischen. Mit einem Paar Pferden *vor* diesen Luftwagen, oder, nachdem der Wind geht, *hinter* denselben, oder beide einander zur Seite gespannt, könnte man in kurzer Zeit Länder durchreisen. Wie würde nicht eine solche Reise über Deutschland weg, von einem erfahrnen, vernünftigen Mann ange-

stellt, aufgenommen werden! Der Himmel behüte uns nur vor solchen erdichteten Reisen über Deutschland, oder soll ja eine erscheinen, so gebe er, daß die Materie einem Mann in die Hände falle, gleich dem, der die Insel à la Montgolfier, ich meine Laputa, so meisterhaft durch die Luft steurete.

5) Könnte man auf diese Weise leicht mit einem Pferd, das auf der Landstraße bliebe, ohne Räder in der Luft Luftreisen tun, wie ein Theater-Gott, und das Pferd selbst leiten, durch Wälder müßten freilich die Wege alsdann etwas breit gehauen werden, wenn etwa der Wind von der Seite käme, oder man befestigte den Phaeton vermittelst eines Flaschenzugs am Pferde, und zöge sich im Notfall so nahe an dasselbe an, als man wollte. Risse der Phaeton ab und finge an zu steigen, so täte vielleicht ein kleiner Anker gute Dienste, den man fallen ließe. Auch ist bei *angebundenen* Kugeln wohl der Gedanke nicht außer Acht zu lassen, daß man sich selbst durch den Wind nach der Erde treiben lassen kann, so wie der Drache durch denselben *steigt*. Die in diesem Paragraphen angegebne Anwendung ist so einleuchtend und leicht, daß ich, zumal, da sie mehr zum Vergnügen als zum Nutzen ist, gewiß hoffe noch solch Luftreisen in vergoldeten Luft-Schlitten und vielleicht in der Nähe zu erleben.

6) Können diese Kugeln schon ganz im Kleinen gebraucht werden, Höhen, zumal in eingeschlossenen Räumen zu messen, als z. B. die Höhe von Gewölben in Kirchen und alten Denkmälern die man oft nicht besteigen kann, mag oder darf; die Höhen von unterirdischen Höhlen, die man oft beim Licht vieler Fackeln nicht absehen kann. So wie man nämlich seit jeher einen *Senkel* hatte, so hat man jetzt einen *Steiger*. Unter dieser Gestalt könnten sie oft schon Handwerksleuten nützen, und der Diamant kostet den Glaser schon mehr, als eine solche Kugel, freilich kosten letztere immer bei der Anwendung wieder. Dieses wird aber mit der Zeit leidlicher werden. Nur Fleiß und Mut. Auch die Höhe der Wolken könnte in manchen Fällen so gemessen werden.

7) Der Montblanc und andere unersteigliche Klippen und Höhen könnten so erstiegen werden. Bei hundert Vorfällen

könnte ein einziger alsdann durch angeknüpfte Strickleitern etc. den andern die Sache erleichtern.

8) Der Mensch hat bisher bloß deswegen nicht fliegen können, weil es ihm schwer fiel Flügel zu bewegen, die die Last seines Körpers tragen sollten. Jetzt, da er sich so leicht machen kann, als er will, und die Flügel nur braucht sich zu lenken und etwa ein paar Pfund zu heben, so wird er künftig auch mit einer Blase fliegen, wie die Fische mit einer Blase schwimmen. Den Luftschiffern wären solche Flieg-Blasen sehr zum Notfall zu empfehlen. So wie es auch nützlich sein könnte, sich mit Kork und kleinen Booten zu versehen.

Sie könnten ferner nützen 9) über das Wasser so leicht hinzugehen, als über Quecksilber. In der Tat dachte ich der Wassertreter, der sich vor einigen Monaten in Paris so glaubwürdig ankündigte, würde das dortige Publikum auf diese Weise zu hintergehen suchen.

10) Mit einer solchen Kugel übergeschnallt, Sprünge zu tun, die einen über Häuser wegführen, wogegen alle Wunder des Eislaufs Kleinigkeiten sein müßten.

11) Zu Fahrzeugen, in Pyrmont, Hofgeismar, Rehburg, Mayenberg und überall, an einem Morgen die Alpenluft zu genießen, eine Kur zu atmen, und zu trinken den reinen Strahl der Sonne, eine Stunde vor ihrem Aufgang.

12) Wichtige Papiere in der Nacht aus einer eingeschlossenen Festung wegzubringen, selbst wichtige Männer fortzuschaffen, Finke aus Maxenschen Käfigen, wenn es der Mühe und der inflammabeln Luft wert wäre.

13) Jetzt geschwind diese Bälle nach Ostindien, China, Japan etc. zu bringen, und sie Kaisern und Naboben aufzuhängen ehe sie gemein werden.

14) Vermittelst ihrer und einer guten Elektrisier-Maschine die Rolle eines Muhammed im 5ten Weltteile zu spielen, dem Donner zu gebieten und wo nicht wie Elias auf einem flammenden, doch wie Professor Charles auf einen inflammablen Wagen über die Wolken zu fahren. Doch empfehle ich diesen neuen Propheten ernstlich die Geschichte des Salzschweins zu Lüneburg.

15) Da man heutzutage ein so großes Verdienst darin sucht, die Wunder aus der Bibel weg zu erklären, so gebe ich zu bedenken, ob nicht das von der Himmelfahrt des Elias ebenfalls hierdurch wegerklärt werden könnte. Denn ein *feuriger* Wagen und ein *inflammabler* differieren nicht mehr als die Wörter flammans und inflammabilis, und beides könnte wohl im Hebräischen mit einem einzigen Worte ausgedruckt werden. Daß Elias seinen Mantel fallen ließ, setzt die Sache fast außer Zweifel. Professor Charles warf seine Überröcke auch herunter, um desto schneller zu steigen.

16) Um den Regenbogen als einen vollkommnen Zirkel zu sehen, und seine eigne werte Silhouette auf einer Regenwand mit einer bunten Glorie zu erblicken, dürfte man nur einen solchen Wagen zu gehöriger Zeit besteigen.

17) Montgolfiersche Maschinen könnten dienen ungeheure Lasten auf eine große Höhe zu heben, und dadurch gigantische Werke zu Stand zu bringen, wogegen alle die ägyptischen Kleinigkeiten sein müßten. Dieses und daß

18) Schiffe, die sich umgelegt haben, dadurch aufgerichtet werden könnten, ist schon vorgeschlagen worden.

19) Wie man im Krieg und Frieden seinem Nebenmenschen durch solche Maschinen großen Schaden zufügen, und wie man Licent und Zölle damit defraudieren könnte, sagt man nicht gerne, teils weil diese Gedanken selbst nicht recht zollfrei sind, und teils der lehrreichen Geschichte des Salzschweins zu Lüneburg wegen.

20) Zu den majestätischsten Feuerwerken und Illuminationen, die die Welt noch gesehen hat, und die man mit Elektrizität anzünden könnte; auf diese Weise ließen sich die Wolken illuminieren.

21) Zu einer neuen Art von Jagd. Man hat schon in Frankreich und an andern Orten nach freigelassenen Kugeln, wie nach Falken gejagt, und Prämien für den gesetzt, der sie zuerst erreicht wenn sie fallen. Diese Jagd ist noch nicht so halsbrechend, als eine die sonst in England Mode war, da man, wenn man keinen Fuchs fand, auf den ersten den besten Kirchturm in gerader Linie zujagte. Dieses hießen sie to hunt

steeples, Kirchtürme jagen. Jetzt ist es unter dem Adel abgekommen, und man überläßt diese Jagd, wie billig, der Geistlichkeit, die auf eine minder halsbrechende Weise nach Kirchtürmen jagt.

22) Vielleicht können sie gebraucht werden Personen bei Feuersgefahr zu retten, oder dem Rohrmeister beim Löschen einen bequemen Standpunkt zu verschaffen.

23) Werden sie so groß gemacht, daß mehrere Menschen damit gehoben werden können, so können sie bei Belagerungen sehr wichtig werden. Mancher kleine, magere, leichte, aber tapfere junge Mann kann alsdann seinen Körper so gut auf Interesse auslegen, als jetzt der große, fette, ramassierte den seinigen, und bei Anwerbung des *eigentlich* fliegenden Korps, und der leichten Truppen im strengsten Verstand, wird man die Waage gebrauchen, und das Verdienst nicht mehr nach *Zollen* sondern nach Pfunden bestimmen.

24) Manche andere geheime Expedition könnte dadurch sehr begünstigt werden. Z. B. Entführungen, selbst aus dem Serail. Ja es wäre möglich, daß dereinst ein Korsar den Tempel zu Loreto, der sicherlich nicht durch die Luft dahin gekommen ist, einmal, größtenteils wenigstens, durch die Luft wegführte.

25) Um das Viertelhundert voll zu haben, mögte ich wohl fragen ob nicht ein solcher Wagen dem Dichter nützen könnte. Daß sich die Seele erhebt, wenn der Leib erhoben wird, ist demonstriert, so wie wenn der Leib stürzt, die Seele gemeiniglich auch nicht zurücke bleibt. Prof. Charles hat vielleicht nie gedichtet, wer aber den Brief liest, worin er seine Empfindungen beschreibt, wird eine dichterische Erhebung der Seele darin nicht verkennen. Man bedenke auch nur das Atmen der Alpenluft, das Baden, Plätschern und Schwimmen im Lichtmeer und in Gesellschaft der Morgensterne, während die Hälfte der Welt unter einem noch im Schlamm der Nacht ruht. Der Nutzen ist nicht zu verkennen.

☆ ☆

»In meinem Kopf des Nachts«: Vom Nutzen der Träume

Die Ideen in meinem Kopf des Nachts gehen mehr wie Ratzen und Mäuse umher, ich mußte mich erst an sie gewöhnen ehe ich einschlafen konnte.

Allein ich habe doch zuweilen solche Ideen, die ich nach und nach an mich gewöhne.

Bei Träumen ist doch dieses merkwürdig, daß Traum von Belehrung weiter nichts ist und sein kann als Erinnerung oder Zusammensetzung in unserem Kopf liegender Begriffe, es entsteht dabei eine Person dazu.

Wenn ich im Traum mit jemanden disputiere und der mich widerlegt und belehrt, so bin ich es der sich selbst belehrt, *also nachdenkt.* Dieses Nachdenken wird also unter der Form von Gespräch angeschaut. Können wir [uns] also wundern, wenn die frühen Völker das was sie bei der Schlange denken (wie Eva) ausdrücken durch: *die Schlange sprach zu mir.* Der Herr sprach zu mir. Mein Geist sprach zu mir. Da wir eigentlich nicht gnau wissen *wo* wir denken, so können wir den Gedanken hin versetzen, wo wir wollen. So wie man sprechen kann, daß man glaubt es komme von einem Dritten, so kann [man] auch so denken, daß es läßt, als würde es uns gesagt: Genius Sokratis pp. Wie erstaunend vieles ließe sich nicht durch die Träume noch entwickeln.

Ich empfehle Träume nochmals; wir leben und empfinden so gut im Traum als im Wachen und sind jenes so gut als dieses, es gehört mit unter die Vorzüge des Menschen, daß er träumt *und es weiß.* Man hat schwerlich noch den rechten Gebrauch davon gemacht. Der Traum ist ein Leben, das, mit unserm übrigen zusammengesetzt, das wird, was wir menschliches Leben nennen. Die Träume verlieren sich in unser Wachen allmählig herein, man kann nicht sagen, wo das Wachen eines Menschen anfängt.

Ich weiß aus unleugbarer Erfahrung daß Träume zu Selbst-Erkenntnis führen. Alle Empfindung, die von der Vernunft nicht gedeutet wird, ist stärker. Beweis das Brausen in den Ohren während des Schlafs, das bei Erwachen nur sehr schwach befunden wurde. Daß es mir alle Nacht von meiner Mutter träumt und daß ich meine Mutter in allem finde ist ein Zeichen wie stark jene Brüche des Gehirns sein müssen, da sie sich gleich wieder herstellen, so bald das regierende Principium den Scepter niederlegt. Merkwürdig ist, daß einem zuweilen von Straßen der Vaterstadt träumt, man sieht besondere Häuser, die einen frappieren, bald darauf aber besinnt man sich und findet (wiewohl es falsch ist), es sei ehmals so gewesen.

Was sind unsere Gedanken und Vorstellungen, die wir wachend haben, anders, als Träume, wenn ich wachend an meine verstorbene Freunde gedenke, so geht die Geschichte fort ohne daß mir nur einmal einfällt sie seien tod, so wie im Traum, ich stelle mir vor ich hätte das große Los gewonnen, in dem Augenblick habe ich es, der hinten drein kommende Gedanke, daß ich es nicht gewonnen habe, wird erst hinten angetroffen als eine Urkunde zum Beweis des Gegenteils. Der würkliche Besitz eines Guts gewährt uns zuweilen Vergnügen die nicht stärker sind als die uns die bloße Vorstellung, wir besäßen es, gewährt. Unsere Träume können wir sanfter machen, wenn wir des Abends kein Fleisch essen, aber die andern? ––

Daß wir uns im Traume selbst sehen, kommt vom Spiegel-Sehen her, bei welchem wir nicht denken, daß es im Spiegel ist. Es ist aber im Traum die Vorstellung lebhafter und das Bewußtsein und Denken geringer.

Die Träume können dazu nützen, daß sie das unbefangene Resultat, ohne den Zwang der oft erkünstelten Überlegung, von unserm ganzen Wesen darstellen. Dieser Gedanke verdient sehr beherzigt zu werden.

Wenn Leute ihre Träume aufrichtig erzählen wollten, da ließe sich der Charakter eher daraus erraten, als aus dem Gesicht.

Daß einem (wenigstens mir) so oft träumt, man rede mit einem Verstorbenen von eben demselben als dem Verstorbenen, könnte von den ähnlichen Hemisphärien des Gehirns herrühren, so wie man doppelt sieht, wenn man Ein Auge drückt. Im Traum sind wir Narren, der Scepter fehlt, es hat mir oft geträumt, ich äße gekochtes Menschenfleisch. Von der Natur der Seele aus Träumen ist eine Materie, die des größten Psychologen würdig wäre.

Eine Strafe im Traum ist allemal eine Strafe. Vom Nutzen der Träume.

Starke Empfindung, deren sich so viele rühmen, ist nur allzu oft die Folge eines Verfalls der Verstandes-Kräfte. Ich bin nicht sehr hartherzig, allein das Mitleid, das ich in meinen Träumen oft empfinde, ist mit dem bei wachendem Kopf nicht zu vergleichen, das erstere ist in mir ein nah an Schmerz grenzendes Vergnügen.

Dass du auf dem Blocksberge wärst (I)

In einem bisher nicht sehr bekannten Reiche Asiens gibt eine geliebte Königin außerordentliche Hoffnung zu einem Thronerben, oder eigentlich zu reden, Hoffnung zu einem außerordentlichen Thronerben. Denn wirklich wuchsen diese Hoffnungen gegen das Ende der Schwangerschaft so stark, daß man sich öffentlich ins Ohr sagte: es würden wohl zwei Kronprinzen auf einmal kommen. – Das Publikum fängt an mit Meinungen schwanger zu gehen, ebenfalls doppelt und ebenfalls eine schwere Geburt verkündigend. – Politiker mit und ohne Prügel regen sich. – Kleine Vor-Entscheidungen ehe der Himmel entschieden hat. – Entscheidung des Himmels. – Bülletin: Gestern Abend wurde Ihro Majestät von zwei Kronerben glücklich entbunden, beide vollkommen ausgebildet, schön, gesund und munter, nur am untern Teile des Rückgrats und etwas weiter abwärts zusammengewachsen, und gewissermaßen Ein Stück, in allen übrigen Hauptteilen völlig doppelt. Dank, Anbetung und Verehrung für den doppelten Segen! – Geschichte der Entbindung von einem Zuschauer in der Nebenstube. – Sie erblicken das Licht der Welt mit zwei Füßchen einerlei Art, ob zwei rechten oder zwei linken, ist ungewiß. Wendung und Geburt. – Eine Deputation des Magistrats wünscht untertänigst, daß die Mißgeburt zum Wohl des Vaterlandes möchte sanft erstickt werden. – Unsanfte Erstickung der Deputation von Rechts wegen. – Tiefsinnige Untersuchung über den Wert des Doppelten in der Welt. – Von Leib und Seele. – Vom doppelten Adler. – Es erscheinen Adressen und Glückwünsche von allen Enden des Königreichs. – Die Dichter sprechen von einem Versuch der Natur, endlich der Welt ein Modell von einem vollkommenen Regenten zu geben. Das Kind heißt bei ihnen bald Castor und Pollux an einem Stück; bald Majorität und Minorität an einem Stück, und einer nennt es sogar den Zweieinigen. – Erziehung bis zur Beinkleiderzeit und Schnitt dieser Beinkleider. Man merkt beim Anprobieren, daß dieses ein wichtiger Artikel in der künftigen Regierung sein werde.

– Es wird ein eigenes Konseil niedergesetzt, das über die beste Form dieses Anzugs entscheiden soll; bestehet aus drei Ärzten, drei Philosophen und drei Schneidern. – Große Uneinigkeit in diesem Konseil, sogar einige Prügeleien. – Cülottisten und Sanscülottisten durch das ganze Reich. – Sieg der erstern, weil sich mit Recht die Geistlichkeit zu ihnen schlägt. – Der Prinz bekömmt Hosen. – Dreitägige öffentliche Ausstellung derselben und Urteile der Welt darüber. Verzeichnis von Schriften darüber, die sich an die 200 belaufen. – Neigungen des Doppel-Prinzen fangen an zu keimen. Der eine zeigt viel Hang zur Spekulation und einem sitzenden Leben, der andere zum aktiven. – Sonderbare Szenen die sich daraus schon jetzt ergeben. – Ärzte und Schneider lachen, der Klerus und die Philosophen weinen. – Doppelte Pagen, doppelte Kammerdiener und doppelte Hofmeister. Es will sonst nicht gehen.

Ein Traum

Mir war als schwebte ich, weit über der Erde, einem verklärten Alten gegenüber, dessen Ansehen mich mit etwas viel Höherem als bloßem Respekt erfüllte. So oft ich meine Augen gegen ihn aufschlug, durchdrang mich ein unwiderstehliches Gefühl von Andacht und Vertrauen, und ich war eben im Begriff mich vor ihm nieder zu werfen, als er mich mit einer Stimme von unbeschreiblicher Sanftheit anredete. Du liebst die Untersuchung der Natur, sagte er, hier sollst du etwas sehen, das dir nützlich sein kann. Indem er dieses sagte, überreichte er mir eine bläulich grüne und hier und da ins Graue spielende Kugel, die er zwischen dem Zeigefinger und Daumen hielt. Sie schien mir etwa einen Zoll im Durchmesser zu haben. Nimm dieses Mineral, fuhr er fort, prüfe es, und sage mir, was du gefunden hast. Du findest da hinter dir alles, was zu solchen Untersuchungen nötig ist, in höchster Vollkommenheit; ich will mich nun entfernen, bin aber zu rechter Zeit wieder bei dir. Als ich mich umsah, erblickte ich einen schönen Saal mit Werkzeugen aller Art, der mir im Traum nicht so fremd schien, als nachher beim Erwachen. Es war mir als wäre ich öfter da gewesen, und ich fand, was ich nötig hatte, so leicht als hätte ich alles selbst vorher hingelegt. Ich besah, befühlte und beroch nunmehr die Kugel, ich schüttelte und behorchte sie, wie einen Adlerstein; ich brachte sie an die Zunge; ich wischte den Staub und eine Art von kaum merklichem Beschlag mit einem reinen Tuche ab, erwärmte sie und rieb sie auf Elektrizität am Rockärmel; ich probierte sie gegen den Stahl, das Glas, und den Magneten, und bestimmte ihr spezif. Gewicht, das ich, wo ich mich recht erinnere, zwischen vier und fünf fand. Alle diese Proben fielen so aus, daß ich wohl sah, daß das Mineral nicht sonderlich viel wert war, auch erinnerte ich mich, daß ich in meiner Kindheit von dergleichen Kugeln, oder doch nicht sehr verschiedenen, drei für einen Kreuzer auf der Frankfurter Messe gekauft hatte. Indes schritt ich doch nun zu der chemischen Prüfung, und bestimmte die Bestandteile in Hundertteilen des Ganzen. Auch hier ergab sich nichts Sonderliches. Ich fand etwas Tonerde, ungefähr ebensoviel Kalkerde, aber ungleich mehr Kieselerde, endlich zeigte sich noch Eisen und etwas Kochsalz und ein unbekannter Stoff, wenigstens einer der zwar manche Eigenschaften der bekannten hatte, dafür aber wieder eigene. Es tat mir leid, daß ich den Namen meines Alten nicht wußte, ich hätte ihn sonst gern dieser Erde beigelegt, um ihm auf meinem Zettelchen ein Kompliment zu machen. Übrigens muß ich sehr genau bei meinen Untersuchungen verfahren sein, denn als ich alles zusammen addierte was ich gefunden hatte, so machte es genau hundert. Soeben hatte ich den letzten Strich in meiner Rechnung gemacht, als der Alte vor mich hintrat. Er nahm das Papier und las es mit einem sanften Lächeln, das kaum zu bemerken war; hierauf wandte er sich mit einem Blick voll himmlischer Güte mit Ernst gemischt gegen mich, und fragte, *weißt du wohl, Sterblicher, was das war, was du da geprüft hast?* Der ganze Ton und Anstand, womit er dieses sprach, verkündigte nunmehr deutlich den Überirdischen. *Nein! Unsterblicher*, rief ich, indem ich mich vor ihm niederwarf, *ich weiß es nicht*. Denn auf mein Zettelchen wollte ich mich nun nicht mehr berufen.

Der Geist. So wisse, es war, nach einem verjüngten Maßstabe, nichts Geringeres als – *die ganze Erde*.

Ich. Die Erde? – Ewiger, großer Gott! und das Weltmeer mit allen seinen Bewohnern, wo sind denn die?

Er. Dort hängen sie in deiner Serviette, die hast du weggewischt.

Ich. Ach! und das Luftmeer und alle die Herrlichkeit des festen Landes!

Er. Das Luftmeer? Das wird dort in der Tasse mit destilliertem Wasser sitzen geblieben sein, und mit deiner Herrlichkeit des festen Landes? Wie kannst du so fragen? Das ist unfühlbarer Staub; da an deinem Rockärmel hängt welcher.

Ich. Aber ich fand ja nicht eine Spur von dem Silber und Gold, das den Erdkreis lenkt!

Er. Schlimm genug. Ich sehe ich muß dir helfen. Wisse: mit deinem Feuerstahl hast du die ganze Schweiz und Savoyen, und den schönsten Teil von Sizilien herunter gehauen, und von Afrika einen ganzen Strich von mehr als 1000 Quadratmeilen vom Mittelländischen Meer bis an den Tafelberg völlig ruiniert und umgewendet. Und dort auf jener Glasscheibe – o! soeben sind sie herunter geflogen – lagen die Kordilleren, und was dir vorhin beim Glasschneiden ins Auge sprang, war der Chimborasso.

Ich verstund und schwieg. Aber neun Zehnteile meines noch übrigen Lebens hätte ich darum gegeben, wenn ich meine chemisch zerstörte Erde wieder gehabt hätte. Allein um eine andere bitten, einer solchen Stirne gegenüber, das konnte ich nicht. Je weiser und gütiger der Geber war, desto schwerer wird es dem Armen von Gefühl ihn zum zweitenmal um eine Gabe anzusprechen, sobald sich der Gedanke in ihm regt, er habe von der ersten vielleicht nicht den besten Gebrauch gemacht. Aber eine neue Bitte dachte ich, vergibt dir wohl dieses verklärte *Vater-Gesicht:* O! rief ich aus, großes, unsterbliches Wesen, was du auch bist, ich weiß du kannst es, vergrößere mir ein Senfkorn bis zur Dicke der ganzen Erde, und erlaube mir die Berge und Flöze darauf zu untersuchen bis zur Entwickelung des Keims, bloß der Revolutionen wegen. Was würde dir das helfen? war die Antwort. An deinem Planeten hast du ja schon ein Körnchen für dich zur Dicke der Erde vergrößert. Da prüfe. *Vor deiner Umwandlung*, kömmst du nicht auf die andere Seite des Vorhangs, die du suchst, weder auf diesem noch einem andern Körnchen der Schöpfung. Hier nimm diesen Beutel, prüfe was darin ist, und sage mir was du gefunden hast. Beim Weggehen setzte er fast scherzend hinzu: verstehe mich recht, *chemisch* prüfe es, mein Sohn; ich bleibe dieses Mal länger aus. – Wie froh war ich, als ich wieder was zu untersuchen hatte, denn nun, dachte ich, will ich mich besser in acht nehmen. Gib acht, sprach ich zu mir selbst, es wird glänzen, und wenn es glänzt, so ist es gewiß die Sonne, oder sonst ein Fixstern. Als ich den Beutel aufzog, fand ich ganz wider meine Erwartung, ein Buch in einem nicht glänzenden einfachen Bande. Die Sprache und Schrift desselben waren keine der bekannten, und obgleich die Züge mancher Zeilen flüchtig angesehen, ziemlich so ließen, so waren sie es, näher betrachtet, doch ebensowenig als die verwickeltsten. Alles was ich lesen konnte, waren die Worte auf dem Titelblatt: *Dieses prüfe mein Sohn, aber chemisch, und sage mir was du gefunden hast.* Ich kann nicht leugnen, ich fand mich etwas betroffen, in meinem weitläufigen Laboratorio. Wie? sprach ich zu mir selbst, ich soll den Inhalt eines Buchs *chemisch* untersuchen? Der Inhalt eines Buchs ist ja sein Sinn, und chemische Analyse wäre hier Analyse von Lumpen und Druckerschwärze. Als ich einen Augenblick nachdachte, wurde es auf einmal helle in meinem Kopf, und mit dem Licht stieg unüberwindliche Schamröte auf. O! rief ich lauter und lauter. Ich verstehe, ich verstehe! Unsterbliches Wesen, O vergib, vergib mir; ich fasse deinen gütigen Verweis! Dank dem Ewigen daß ich ihn fassen kann! – Ich war unbeschreiblich bewegt, und darüber erwachte ich.

In diesem Augenblicke fühlte ich mich weit über alles erhoben was die Welt Chausseen nennt. Ich schwamm, wie an einem Luftballon hängend, sanft dem Nordlicht entgegen. Alles, was noch in mir wog und zog, waren einige schwere Gedanken über die Folgen dieser Aufklärung, über wichtige Punkte des vergangenen so wohl als künftigen Lebens, der ich jetzt entgegen ging, und die der Himmel so weislich in Dunkel hüllt. Ich tadelte im Grunde meiner Seele nunmehr meine Verwegenheit, denn mein ganzes Leben zielte gar nicht auf einen solchen Überfall hin. Wer hätte auch so was denken sollen? Nach wenigen Minuten sanken wir auf den kleinen Brocken nieder, mechanisch sanft, aber für mich, mit einer Art von elektrischem Stoße aus dem Boden der Weissagung, der durch alle Glieder ging. In diesem Augenblicke war mir der Brocken heilig.

Man kann sich keinen himmlischern Anblick denken, der ganze höhere Gipfel des Brockens, der nunmehr vor uns lag, stand wie im Feuer. Alles noch etwas fern. Mein Postillion, der, wie ich nun deutlich sah, weder die braunschweigische noch die kaiserliche Montur trug, faßte mich bei der Hand, schüttelte sie lächelnd. Ich bin noch immer der alte Schwager im Tale. Sie denken nach; haben Sie keine Sorge, und (setzte er, Gottlob! lächelnd, hinzu) zum Erhenken ist immer Zeit. Nun ging ich mit Mut dem Berge zu.

Himmlischer Anblick überall. Überall wie Junius-Licht an einem heitern Mittage. Aber selbst in der Allee, der wir uns näherten, erschien keine Spur von Schatten. Was ist das? fragte ich meinen Führer, sind das Harz-Tannen? I, mein Himmel, Sie wissen nicht, wo Sie sind, versetzte er, das Licht blendet Sie. Das sind Bäume, die Deutschland hieher gewünscht hat. In dem Augenblick sah ich, daß es Freiheitsbäume waren, rot, blau und weiß gestreift; oben Bänder von gleicher Farbe. Bravo, meine lieben Landsleute, dachte ich, und nun fing ich an zu verstehen. So viel kömmt auf einen guten Wink an. Trotz meines Unterrichts im Tale, hielt ich alles hier für ein Paradies, und hatte gänzlich vergessen, daß ich mich unter lauter verwünschten Dingen befand. – Der Glanz hatte alle Schuld. An den Bäumen wehten Flaggen mit Zahlen. Was soll die Zahl da? fragte ich meinen Führer. Das ist die Zahl der Verwünschungen, sagte er. Nun dachte ich, willst du doch Eine wenigstens behalten. Es war ein herrlich gehobelter und verzierter Baum, oben mit vier Schildern, nach den vier Weltgegenden, mit Inschriften, die ich nicht lesen mochte. Es war mir mehr um die Zahlen zu tun, woraus sich auf die Inschriften schließen ließ. Es war zum Erstaunen: voran stand eine Eins, und, dafür stehe ich, hinter her zum aller wenigsten fünf Nullen. Also war dieser Baum wenigstens hundert tausendmal verwünscht worden. Das dachte ich wohl, sagte ich zu mir selbst, so mußte es kommen. Unter den Bäumen spazierten einige Offiziere mit gestickter Uniform Arm in Arm mit Leuten, die nicht in Uniform waren. Es wurde viel Französisch gesprochen, aber von einigen so schlecht und breit, daß man wohl hören konnte, es waren Deutsche, die es erst in späteren Jahren aus ökonomischer Desperation gelernt hatten. Was ist denn das für ein Trupp dort unter jenen Freiheits-Tannen, der keine Uniform trägt? fragte ich. Das sind *Lieferanten an sich*, antwortete mein Führer. Hierbei konnte ich mich kaum des herzlichsten Lachens enthalten, über meine eigene Ideen-Verbindung, versteht sich. Mir fielen dabei die *Dinge an sich* der neuen Philosophie ein, und so gewann der Ausdruck, im Munde eines Postillions, also eigentlich des Mundstücks zum Mundstücke des Posthorns, ein etwas drolliges Ansehen. Der gute Kerl, der sich meinen Schutzengel nannte, war ganz unschuldig dabei. Er verstand unter *Lieferanten an sich*, eine sehr bekannte Species von Lieferanten, die bloß *an sich selbst* liefern, und dieses Ungeziefer, *deutsches* und *französisches* auf dem Blocksberge zu finden, war nicht unerwartet. Wer würde diese Strichvögel nicht lieber in der Halsschlinge sehen, als hier im Freien streichend?

Gleich hinter der Freiheits-Tanne erblickte ich eine Menge Buden mit Kleidern; alle waren weiß, braun und schwarz.

Ich glaubte in Monmouth-street in London zu sein. Als ich etwas näher trat, sah ich aus der Überschrift, daß es lauter Ordenshabite waren, vorzüglich Habite junger Nonnen; ich glaube nicht zu irren, wenn ich die Sammlung auf 5000 schätze. Sie waren systematisch aufgehängt, zwischen einem Paare Nonnenkleidern hingen immer einige Mönchshabite. Kapuziner, Franziskaner und die von La Trappe konnte ich deutlich erkennen. Sie schienen sich wie zu umarmen. Jetzt fing ich an diesen Tag zu preisen, der meine Theorie vom Menschen so sehr bestätigte. Leid tat es mir, als ich in denselben Buden einige protestantische Krägelchen, schwarzen Rock und Mantel und schwarz gebundene Bücher mit vergoldetem Schnitt erblickte. Wie ist das in aller Welt möglich? sagte ich ganz laut. Was möglich! versetzte mein Führer, es ist alles möglich, fort, fort, wir haben keine Zeit. Es wird besser kommen. Das nächste war ein kaum übersehbares Gehege, worin es von wilden Schweinen, Hirschen, Rehböcken und Hasen wimmelte. In der Mitte glänzte auf einer erhöhten Tafel in feuriger Schrift:

Von den sämtlichen Untertanen.

Was Henker, fragte ich, haben denn die wilden Schweine in Deutschland Untertanen? – Hier nicht viel gefragt. Sehen Sie, sehen Sie dort die herrlichen Equipagen! Es war zum Entzücken. Zum wenigsten zehn sechsspännige Wagen von einer Leichtigkeit, daß Ein Pferd ihrer sechs gezogen hätte, rennten unter Begleitung von menschlichen Renntieren, schön wie Engel, in ihrem Silber-Geschirr, vorüber. Ich kannte keinen von den Herrn darin, doch glaube ich, vier bis fünf Tonsuren bemerkt zu haben, zwei fuhren rückwärts, und vorwärts saßen Damen. Nonnen waren es nicht. O! da hätte ich die Kehrseite sehen mögen, rief ich. Geschwind, geschwind! Sehen Sie, da stehts auf den Kutschen hinten, rief mein Führer. Es war nicht zu verkennen. Die Flammen-Schrift hieß:

Von den sämtlichen Untertanen.

Das haben wir schon einmal gehabt, sagte ich. Nun öffnete sich der Schauplatz immer mehr. Gänge, gedrängt wie die

Börse zu Amsterdam um Mittag, zeigten sich zu beiden Seiten. Es war nicht auszukommen, der Geist ermüdete. Ich las bloß einige Aufschriften. Z. B. *Gang der alten Tanten. Gang der Ehemänner.* Allgemeine Rücken-Devise: *Von der Frau. Promenade der Hofmeister.* Hier erkannte ich zwei oder drei. Ganz voran stand unser lieber N. mit seinem abgespannten Passions-Gesichte. Er hatte seinen kleinen Dollond in der Hand, und sah gerade nach mir. Ich wollte ihn grüßen, als mir einfiel, daß ich unsichtbar für ihn wäre. Ich sah mich also in der Richtung seines Fernglases um, und siehe, da stand der junge Schurke hinter mir, der gewiß diese gute Seele, zum Dank für ihre weise und väterliche Leitung, tausendmal herauf gewünscht hatte. Ich suchte den Revers des Buben zu gewinnen, um zu sehen, wem er seine Brocken-Reise zu verdanken hätte. Das Zettelchen glühte ganz fein: *von seinem ewig treuen Engel, Signora Cassandra, an dem Tage da Monsieur auf hörte zu zahlen.* Recht so, dachte ich. Vielleicht zielte der kleine Dollond nach dieser Inskription. Indem ich noch diesem infamen Geschöpfe meine tiefste Verachtung durch Freude bezeigen wollte, stieß mich mein Führer fast etwas unsanft an. Ums Himmels willen erschrecken Sie nicht! – Was, was ist denn? – Sehen Sie denn nicht dort den Herrn? – Wo, wo? I, dort! Sie kennen doch auch wahrlich alle Menschen, und sich selbst nicht. – Wie ein Donnerschlag ging es mir durch alle Glieder, nicht was mein Führer sagte (das wußte ich längst), sondern der Anblick von meinem *Ich nicht Ich*, zum ersten Male in der Welt, außerhalb des Spiegels, und mit Bewegungen, die mit den meinigen gar nicht in katoptrischer Harmonia praestabilita standen. Ich stand, wie eine Bildsäule versteinert, da; *Ich nicht Ich* hingegen war sehr munter, schaute umher, und schien sehr viel vergnügter, als sein *Er nicht Er.* Offenbar mußte etwas zwischen uns sein, was weder Er noch Ich war, und wovon keiner von uns etwas wußte. – Es war ein unbeschreiblicher Anblick, Sich Selbst so, ohne Sich Selbst, gehen zu sehen, wo man bei jedem Tritt der Abbildung zu erblicken fürchtet, was man nicht sieht, wenn man ihn selbst tut. – Aufrichtig zu reden, so gefiel ich mir nicht sonderlich. Ich würde den Hut anders gesetzt, den Stock anders getragen, und mich nicht so oft umgesehen haben, wie *Ich nicht Ich*. Indes dachte ich: es ist alles sonst so genau und richtig, also vermutlich auch das, was du nicht für so genau hältst. Nun wohlan, sagte ich zu mir selbst, das soll mir der Keim zu einer Theorie des Schauspiels sein. Dieses war eine kleine Autor-Regung, ein Intermezzo, das der Kopf der Autoren ihrem Herzen oft zum besten gibt, wenn er etwas Besseres geben könnte oder sollte. Nun kam der Mensch in mir wieder. – Mir gefiel in Wahrheit der Hut mit dem hohen Deckel, den *Ich nicht Ich* trug, nicht so ganz, ob Ich gleich Selbst einen solchen auf hatte. Mir fiel der Kopfputz ein. Meine Unruhe und meine Neugierde war unglaublich. Ich hätte einen Fürstenhut darum gegeben, diesen Filz abheben zu können. Auf einmal begegnete meinem Repräsentanten ein alter guter Freund von uns, den vermutlich seine Haushälterin mit ihrem verlobten Exspektanten hierher gewünscht hatte. Mein *Echo-Wesen* zog den Hut ab. Gerechter Himmel! Was für ein Anblick! Wenn dir je, teuerster Leser, an dem zweiten oder dritten Abend deiner ersten Liebe, der aufgehende Vollmond durch das Blüten-Gitter deiner Laube in dein begeistertes Auge geblickt hat, so hast du den Vollmond ganz mit dem Wonne-Gefühl gesehen, mit dem ich durch ein Gedränge von Bändern, Federn und andern wehenden und nicht wehenden Kopfzierden, meinen *kahlen Scheitel* erblickte. Er war es völlig, so wie ich ihn noch diesen Morgen vor dem Spiegel gesehen hatte; glatt freilich, aber auch ohne alle Spur von jenen kleinen aber solideren Sprößlingen, die oft der bloße geheime Wunsch des Weibes schon keimen machen soll. Also nicht einmal ein Spießer bist du, dachte ich. Eigentliches Gehörn hatte ich nie gefürchtet. Dieses erfüllte mich mit einem Mute. – O! ich glaube, ich wäre dem Leidigen selbst entgegen gegangen.

Ich. Komm, komm, guter Freund, geschwind, sagte ich zu meinem Führer.

Er. Was denn, was wollen Sie denn?

Ich. Ich muß die Inskription lesen.

Er. Was für Inspektion?

Ich. Guter Tropf, ich will wissen, wer mich auf den Blocksberg gewünscht hat.

Er. O tun Sie das nicht. Es wäre doch wohl möglich.

Ich. Was möglich? Ich fürchte keine Möglichkeit. Komm, komm.

Wir eilten. Ich las den Zettel, und lächelte. Es war nichts Neues. Ich erblickte zwei Namen. Der eine war der von einem sonst scheinbar guten Schlucker, der eine entfernte Anwartschaft auf mein Amt hat, der mir immer zum neuen Jahre gratuliert, und des Monats wenigstens Ein Mal bei mir speist. Der andere, der von einem Bedienten, der nicht mehr allein in Keller gehen darf. – Ich gratuliere, gratuliere aus Ihrem Gesichte, lieber Herr, sagte mein Führer, indem er mir die Hand drückte. – Auf einmal sah er sich um und stutzte – Wat – die – schwere – – rief er, indem er meine Hand wegwarf und lief. Ich wußte in der Welt nicht, was dem guten Kerl angekommen war. – Auf einmal löste sich das Rätsel. Ich sah nämlich das *Ich nicht Ich* meines treuen Führers einher schreiten, nicht als *Spießer*, sondern mit dem vollkommensten Gehörn, das ich in meinem Leben gesehen habe, und von Ast zu Ast glänzte die Inschrift: *von seiner lieben Ehefrau*. Die Worte galten bloß die Verwünschung, das Gehörne bedurfte keiner Inschrift. Ich muß bekennen, weil der Kerl rüstig, jung und schön war, und ich einige Ursache hatte zu glauben, daß *seine liebe Ehefrau* auch hier irgendwo noch in gleichem Putz spüke, so konnte ich mich des herzlichen Lachens nicht enthalten. *Nach dem Gehege* mit ihm, *nach dem Gehege*, rief ein Gedränge von Menschen, worunter selbst einige Spießer waren. Meine Bewegung über diesen sonderbaren Vorfall wurde immer heftiger und so – erwachte ich. – – Das, was aber von meinem eigentlichen Ich wieder zuerst recht wieder zu sich kam, war doch wieder der Autor. Ich dachte an meine neue Theorie vom Schauspiele, und fand nun wachend zu meinem nicht geringen Verdruß, daß das alles längst bekannte Sachen waren; *längst gedachte* und *gesagte*, wenigstens aber zum erstenmal lebhaft *empfunden*. Das ist doch immer etwas wert. Ich kam hierbei auf deinen alten Satz, lieber Freund. Du sagtest einmal bei dem Sprichworte: *hierüber muß ich mich beschlafen*, es gelte bei verwickelten Angelegenheiten des Lebens, wo es gewöhnlich gebraucht werde, nicht vom Schlaf, sondern vom Wachen im Bette, und hauptsächlich dem *Erwachen* am Morgen; von Gegenständen der *schönen Künste* hingegen, in mehr eigentlichem Verstande, doch sollte man da lieber sagen: hierüber muß ich mich *beträumen*. Die größesten Dichter und Künstler seien immer Menschen gewesen, die dieses *wachend* gekonnt, und immer in desto höherem Grade, je weniger sie sich auf das obige *Beschlafen* verstanden hätten. – Schade nur, lieber Freund, daß deine Regel den traurigen Umstand mit dem besten gemein hat, daß sie der, der sie versteht und fühlt, nicht nötig hat, und der, der sie nötig hätte, vice versa usw.

☆ ☆

»Inniges Gefühl von Glückseligkeit«:
Bekenntnisse eines Zweiflers

Mir ist es unbegreiflich, warum der Zustand der unendlichen Herrlichkeit nicht lieber gleich angeht, da doch dieses Leben nur überhaupt ein verschwindender Punkt ist.

Wenn nur der Scheidepunkt erst überschritten wäre. Mein Gott wie verlangt mich nach dem Augenblick wenn die Zeit für mich aufhören wird Zeit zu sein, in dem Schoß des mütterlichen Alles und Nichts, worin ich damals schlief als der Hainberg angespült wurde, als Epikur, Cäsar, Lukrez lebten und schrieben und Spinoza den größten Gedanken dachte der noch in eines Menschen Kopf gekommen ist.

Inniges Gefühl von Glückseligkeit sie bestehe worin sie wolle mit dem Entschluß sich durch Tugend dauerhaft zu machen ist Dank gegen das Wesen in welchem oder durch welches ich bin, es sei nun der Gott der Christen oder der des Spinoza.

Ich glaube, daß der Spinozist, und der Deist nur differieren wie der Newtonianer und der Eulerianer in Rücksicht auf Farbentheorie.

Wenn die Welt noch eine unzählbare Zahl von Jahren steht, so wird die Universalreligion geläuterter Spinozismus sein. Sich selbst überlassene Vernunft führt auf nichts andres hinaus, und es ist unmöglich, daß sie auf etwas andres hinausführe.

Wie wenn einmal die Sonne nicht wiederkäme, dachte Amintor oft, wenn er in einer dunkeln Nacht erwachte, und freute sich, wenn er endlich den Tag wieder anbrechen sah. Die tiefe Stille des frühen Morgens, die Freundin der Überlegung, verbunden mit dem Gefühl gestärkter Kräfte und wieder erneuerten Gesundheit, erweckte in ihm alsdann ein so mächtiges Vertrauen auf die Ordnung der Natur und den Geist, der sie lenkt, daß er sich in dem Tumult des Lebens so sicher glaubte, als stünde sein Verhängnis in seiner eignen Hand. Diese Empfindung, dachte er alsdann, die du dir nicht erzwingst und nicht vorheuchelst, und die dir dieses unbeschreibliche Wohlbehagen gewährt, ist gewiß das Werk eben jenes Geistes, und sagt dir laut, daß du jetzt wenigstens richtig denkst. Auch war dieses innere Anerkennen von Ordnung nichts anders, als wieder eben diese Ordnung selbst, nur auf ihn, der sie bemerkte, fortgesetzt, und daher immer für ihn der höchste Genuß seines Geistes. O ich weiß, rief er alsdann aus, dieses mein stilles Dankgebet, das Dir alle Kreatur darbringt, jedes mit seinem Gefühl und in seiner Sprache nach seiner Art, zu Tausenden, wie ich in der meinigen, wird gewiß von Dir gehört, der Du den Himmel lenkst; gewiß wird es von aller Kreatur dargebracht, aber mit doppeltem Genuß, von mir, dem Du Kraft verliehest zu erkennen, daß ich durch dieses Dankgefühl und in diesem Dankgefühl bin, was ich sein soll. O störe nicht, sprach er dann zu sich selbst, diesen himmlischen Frieden in dir heute durch Schuld! Wie würde dir der morgende Tag anbrechen wenn ihn diese reine Spiegelhelle deines Wesens nicht mehr in dein Inneres zurück würfe? Es wäre besser er erschiene nie wieder, oder wenigstens für dich Unglücklichen nicht mehr. – Diese Art *in seinem Gott zu leben*, wie er es nannte, die ihm von Betbrüdern, die lieber glaubten, als dachten, weil sie es so bequemer fanden, für Spinozismus ausgelegt wurde, hatte er sich so sehr eigen gemacht, daß sie für ihn unzerstörbare Beruhigung über die Zukunft, und ein nicht zu überwältigender Trost in

Todesgefahr wurde. Eines Tages als er sich nach einer seiner Morgenandachten selbst befragte, woher ihm dieses freudige Ergeben in die Führung der Welt, und dieses große Sicherheitsgefühl bei jedem Gedanken an die Zukunft komme (denn es war ihm zu fest um bloß dichterisches Aufwallen zu sein): so war es ihm entzückende Freude zu finden, daß er es allein dem Grad von Erkenntnis der Natur zu danken habe, den er sich erworben hatte, einem Grade, von dem er behauptete, daß er jedem Menschen von den gewöhnlichsten Anlagen erreichbar wäre. Nur müsse, wie er sagt, das Studium anhaltend, ohne Zank und Neuerungssucht und ohne alle Spekulationen des Inventurienten getrieben werden. Man wird ihm leicht glauben, daß es eine entzückende Betrachtung sein muß, sich sagen zu können: meine Ruhe ist das Werk meiner eigenen Vernunft; es hat sie mir keine Exegese gegeben und keine Exegese wird sie mir rauben. – O, nichts, nichts wird sie mir rauben können, als was mir meine Vernunft raubt. Daß die Betrachtung der Natur diesen Trost gewähren kann, davon ist er gewiß, denn er lebt in ihm; ob er es für alle sei, ließ er wenigstens unentschieden, und hierbei hinge, wie er sagte, vieles von der Art ab, wie die Wissenschaft getrieben und angewandt würde, eine Sache, die, wie vielleicht auch Spinozismus, wenn er unschädlich sein soll, nicht gelehrt, sondern selbst gefunden sein wolle; es sei nichts weniger als jene physicotheologische Betrachtung von Sonnen, deren uns deutlich sichtbares Heer nach einer Art von Zählung auf 75 Millionen geschätzt würde. Er nannte diese erhabene Betrachtungen bloße Musik der Sphären, die anfangs den Geist wie mit einem Sturm von Entzücken fast zur Betäubung hinreiße, er werde ihrer aber endlich gewohnt; allein das was davon immer bliebe, unstreitig das Beste, fände sich überall und vorzüglich in dem mit in die Reihe gehörigen Geist, der dieser Betrachtungen fähig sei. Es sei vielmehr eine zu anhaltendem Studio der Natur sich unvermerkt gesellende Freude über *eignes Dasein*, verbunden mit *nicht ängstlicher*, sondern *froher Neugierde* (wenn dieses das rechte Wort ist), die so weit über sogenannte Cüriosité erhaben sei, als hohes Gefühl für Ehre über Bauernstolz, zu erfahren, mit diesen Sinnen oder mit analogen, oder Verhältnissen anderer Art, die sich von jeder Art des Daseins hoffen lassen, *was nun dieses alles sei und werden wolle*. Er fürchte zwar sehr, daß seine Freunde immer nur die Worte der Lehre und nicht die Lehre hören würden, hoffe aber alles, wenn er dereinst darüber sprechen würde, von eignem Versuch. Er denke nun seit der Zeit, daß das Vergnügen, das die Betrachtung der Natur dem Kinde und dem Wilden, so wie dem Manne von aller Art von Bildung gewährt, auch *den* großen Zweck mit zur Absicht habe, und in jedem Leben und in jeder Welt haben müsse, in welchem Zusammenhang sei: *völlige Beruhigung in Absicht der Zukunft* und *frohes Ergeben in die Leitung der Welt*; man gebe nun dieser Leitung einen Namen welchen man wolle. Er zähle es unter die wichtigste Begebenheit seines Lebens, wenigstens für sich gefunden zu haben, daß so wie wir natürlich leiden, auch natürliche von aller Tradition unabhängige Mittel haben, diese Leiden mit einer Art von Freude zu erdulten. Diese Philosophie hebe freilich den vorübergehenden Unmut nicht auf, so wenig als den Schmerz, weil eine solche Philosophie, wenn sie möglich wäre auch alles Vergnügen aufheben würde. Er pflegte dieses öfters seine *Versöhnung mit Gott* zu nennen, gegen den die Vernunft, selbst mit Hoffnung auf Vergebung, vielleicht murren könnte, wenn nicht im Gang der Dinge auch der Faden eingewebt wäre, der zu jener Beruhigung ohne weitere Hülfe leiten könnte. Überhaupt kamen bei seinem Vortrag viele *Ausdrücke* vor, deren sich die Bibel bedient; er sagte dabei: es sei nicht wohl möglich dieselbe Geschichte des menschlichen Geistes zu erzählen, ohne zuweilen auf dieselben Ausdrücke zu geraten, und glaubte, man werde die Bibel noch besser verstehen, als man sie versteht, wenn man sich selbst mehr studiere; und um mit ihren erhabenen Lehren immer zusammen zu treffen, sei der kürzeste Weg die Erreichung ihres Zwecks einmal auf einem andern, von ihr unabhängigen zu versuchen, und Zeit und Umstände dabei in Rechnung zu bringen; Spinoza selbst, glaube er, habe es nicht so übel gemeint, als die vielen Menschen die jetzt statt seiner meinen. – Es sei für Millionen Menschen bequemer und verständlicher vom Himmel herab zu hören: *Du sollst nicht stehlen, und kein falsch Zeugnis reden,* als im Himmel selbst die Stelle zu suchen, wo diese Worte wirklich mit Flammenschrift geschrieben stehen, wo sie von vielen gelesen worden sei. Übrigens glaube er, sei es für die Ferngläser und die Brillen unbedeutend, ob das Licht wirklich von der Sonne herabströme, oder ob die Sonne nur ein Medium zittern mache, und es bloß ließe als strömte es herab; aber die Ferngläser und zumal die Brillen seien deswegen nichts weniger als unbedeutend, und bei der Brille pflegte ihm öfters einzufallen, daß der Mensch zwar nicht die Macht hätte die Welt zu modeln wie er wolle, aber dafür die Macht Brillen zu schleifen, wodurch er sie schier erscheinen machen könne wie wir wollen, und solcher Betrachtungen mehr, wodurch er seine Freunde nicht sowohl auf *seinen* Weg hinleiten, als ihnen vielmehr Winke geben wollte, den selbst zu finden, der ihnen der sicherste und bequemste wäre. Wie es denn wirklich an dem ist, daß Philosphie, wenn sie für den Menschen etwas mehr sein soll als eine Sammlung von Materien zum Disputieren, nur indirekte gelehrt werden kann.

Noch eine neue Religion einzuführen die die Würksamkeit der christlichen haben sollte ist wohl unmöglich, deswegen bleibe man dabei und suche lieber darauf zu tragen, und gewiß sind auch die Ausdrucke Christi so beschaffen, daß man so lange die Welt steht das Beste wird hinein tragen können.

Wir Protestanten glauben nunmehr in sehr aufgeklärten Zeiten in Absicht auf unsere Religion zu leben. Wie wenn nun ein neuer Luther aufstünde? Vielleicht heißen unsre Zeiten noch einmal die finstern. Man wird eher den Wind drehen oder aufhalten können, als die Gesinnungen des Menschen heften.

In einer Beilage zum Freimüthigen (einer sehr guten katholischen periodischen Schrift) wird ein Gedanke, den ich selbst öfters gehabt habe sehr gut ausgedrückt: Nämlich der Mann sagt: ich bin biblisch-katholischer Christ und kein römisch-katholischer Glaubens-Sklave. Ihr tadelt mich, daß ich meiner Vernunft folge, folgt ihr denn etwas anderm? Nein, Ihr folgt Eurer Vernunft, weil sie euch lehrt, daß ihr euch der Meinung der Kirche blindlings unterwerfen sollt, und ich folge der meinigen, weil sie mich lehrt, daß ich alles, wie der Apostel, prüfen und das Beste behalten soll. Ihr haltet mich für unweise, weil ich meiner Vernunft folge, und ich euch nicht für klüger weil ihr der Eurigen *so* folgt.

Der liebe Gott muß uns doch recht lieb haben, daß er immer in so schlechtem Wetter zu uns kommt.

Ich glaube kaum, daß es möglich sein wird zu erweisen, daß wir das Werk eines höchsten Wesens, und nicht vielmehr zum Zeitvertreib von einem sehr unvollkommenen sind zusammengesetzt worden.

Gott schuf den Menschen nach seinem Bilde, das heißt vermutlich der Mensch schuf Gott nach dem seinigen.

Daß in den Kirchen gepredigt wird macht deswegen die Blitzableiter auf ihnen nicht unnötig.

Kirchtürme, umgekehrte Trichter, das Gebet in den Himmel zu leiten.

Glauben Sie, daß es je in der Welt anders war als jetzt? Glauben Sie daß die Schlehen-Hecken Orangen getragen haben? Nein. Gut, und Sie glauben, daß es Menschen gegeben habe, die Gottes Sohn waren? Ja! O du gerechter Gott, wohin kann dein Geschenk, die Vernunft sinken. Was für ein schwaches Werkzeug die Vernunft ist.

Wäre es nicht gut, die Theologie etwa mit dem Jahre 1800 für geschlossen anzunehmen und den Theologen zu verbieten, fernere Entdeckungen zu machen?

Die gemeinen Leute unter den Katholiken beten lieber einen Heiligen an, oder richten ihr Gebet an ihn, als an den lieben Gott, so wie sich die Bauern immer lieber an die Bedienten halten. Gleich und gleich gesellt sich gern.

Ein Bedienter schreibt: *Pabstdumm*.

Dem Pabst einen Bart machen heißt das reformieren?

Gott hat die katholischen Pfaffen
Ohn Zweifel aus Erde erschaffen,
Sie aber dafür auch aus Weiß-Brod
Den katholischen Lieben Gott.

Das Mönchsleben.
In der Sprache des vernünftigen Menschen Faulenzerei, Eselei, auf portugiesisch aber *Vida celeste.*

Die Katholiken verbrannten ehmals die Juden, und bedachten nicht, daß des lieben Gottes Mutter von der Nation war, und bedenken noch jetzt nicht, daß sie eine Jüdin anbeten.

Es macht gewiß den Deutschen mehr Ehre als Schande, daß die Geschenke für das heil. Grab aus Deutschland so selten sind.

Würkung der Gnade, vielleicht aber auch der Mondsucht.

Herr Camper erzählte, daß eine Gemeinde Grönländer, als ein Missionair ihnen die Flammen der Hölle recht fürchterlich malte, und viel von ihrer Hitze sprach, sich alle nach der Hölle zu sehnen angefangen hätten.

Ich scherze fürwahr nicht, liebe Landesleute, wenn ich eingestehe die Deutschen hätten keinen Esprit, denn das bißgen Atheisterei unter uns kann man noch nicht Esprit nennen. Zu einem französischen Atheisten der Esprit hat wird [verlangt] daß er sich nur bloß bei schmerzlichen Krankheiten und auf dem Todbette bekehrt, unsere hingegen bekehren sich gemeiniglich bei jedem Donnerwetter. Ferner die Liedgen unserer Jugend sind ebenfalls noch kein Beweis daß die Jugend Esprit hat. Es ist zwar wahr, Esprit ist Nonsense, aber nicht jeder Nonsense ist Esprit.

Man tut manches auf dem Todbette und sogar ins Todbett, das man vorher als vernünftiger Mensch nicht getan haben würde. Man fängt den alten Kinderglauben wieder an, so wie man das Scheißen ins Bett wieder anfängt, man weiß alsdann nicht mehr was weggeht.

☆ ☆

»Eine Republik zu bauen«:
Zur Lage der Nationen

Wie sind wohl die Menschen zu dem Begriff von *Freiheit* gelangt? Es ist ein großer Gedanke gewesen.

Was die wahre Freiheit und den wahren Gebrauch derselben am deutlichsten charakterisiert, ist der Mißbrauch derselben.

Man kann es als einen Grundsatz der Geschichte annehmen, daß kein Volk unterdrückt wird, als das sich unterdrücken lassen will.

Darf ein Volk seine Staats-Verfassung ändern wenn es will? Über diese Frage ist sehr viel Gutes und Schlechtes gesagt worden. Ich glaube die beste Antwort darauf ist: Wer will es ihm wehren, wenn es entschlossen ist? Allgemein gewordenen Grundsätzen gemäß handeln ist natürlich, der Versuch kann falsch ausfallen, allein es ist nun einmal zum Versuch gekommen. Diesem Versuche vorzubeugen müßten die Weisesten die Oberhand haben, und diese Weisesten müßten eine Menge der Weisesten oder der Unweisesten, gleich viel, kommandieren können, um die Vernunft der Besseren, und den Gehorsam der Schlechtern immer nach derselben Seite zu lenken.

In keiner Streitigkeit, deren ich mich erinnere, sind je, glaube ich, die Begriffe so verstellt worden, als in der gegenwärtigen über Freiheit und Gleichheit. Seht, ruft die eine Partei, hin nach Paris, da seht ihr die Früchtchen der Gleichheit! Und es ist betrübt, zu sehen, daß sogar berühmte Schriftsteller in diesen Ton mit einstimmen. Eben so könnte ich rufen: ihr, die ihr ein so großes Glück im Umgange mit dem andern Geschlecht und in der Liebe findet, seht dort die Hospitäler der Nasenlosen! oder ihr, die ihr von dem Labsal sprecht, das euch beim Genuß der Freundschaft der Wein gewährt, seht dort die Trunkenbolde in den Klauen der Schwindsucht im Kreise verhungernder Kinder langsam dahin sterben! Ihr Toren, möchte ich sagen, so lernt uns doch verstehen! O ich glaube auch, ihr versteht uns nur allzu wohl, ihr deraisonniert nur deswegen so, weil ihr fürchtet, die Welt möchte uns verstehen. Die Gleichheit, die wir verlangen, ist der erträglichste Grad von Ungleichheit. So vielerlei Arten von Gleichheit es gibt, worunter es fürchterliche gibt, eben so gibt es verschiedene Grade der Ungleichheit, und darunter welche, die eben so fürchterlich sind. Von beiden Seiten ist Verderben. Ich bin daher überzeugt, daß die Vernünftigen beider Parteien nicht so weit von einander liegen, als man glaubt; und daß die Gleichheit der einen Partei, und die Ungleichheit der andern wohl gar am Ende dieselbigen Dinge mit verschiedenen Namen sein könnten. Allein was hilft da alles Philosophieren? Dieses Mittel muß erkämpft werden, und wird die Übermacht von einer Partei zu groß, zumal wenn der Mutwille der andern unbändig war, so kann es auch sehr viel schlimmer werden. Es ist aber nur zu befürchten, daß jene mittlere Gleichheit oder Ungleichheit (wie man will) von beiden Parteien gleich stark verabscheut wird. Sie muß also wohl mit Gewalt eingeführt werden; und da ist es denn dem Einführenden nicht zu verdenken, wenn er sich einen etwas starken Ausschlag gibt. Hierin liegt überhaupt ein allgemeiner Grund von der Seltenheit guter *Mittelzustände*.

In Frankreich gärt es, ob [es] Wein oder Essig werden wird ist ungewiß.

Sonst sucht man bei Bekehrungen die Meinung wegzuschaffen, ohne den Kopf anzutasten; in Frankreich verfährt man jetzt kürzer: man nimmt die Meinung mitsamt dem Kopf weg.

Sollte es dem Könige von Frankreich nicht erlaubt sein sich zum Deputierten bei der National-Versammlung wählen zu lassen? Es wäre besser für ihn.

Milton, der zwar nicht unter die Königsmörder selbst gehört, die Carl I. auf das Schafott brachten, aber sie doch nachher bekanntlich verteidigte, lehrte: a popular government was the most frugal; for the troppings of a monarchy would set up an ordinary common wealth. Dieses ist ein zu unserer Zeit sehr gewöhnliches Räsonnement. Wir müssen, sagen sie, so viel bezahlen, bloß um den Hofstaat zu unterhalten; diesen brauchen wir nicht. – Diese Art zu schließen ist aber, so vielen Schein sie auch für sich hat, nichts desto weniger sehr grundlos. *Erstlich* setzt es voraus, daß, um glücklich zu leben, man nichts weiter nötig hat, als Geld: Ruhe und innerer Friede kommt dabei nicht in Betracht. Die Leute glauben, das bißchen Geld, das sie mehr haben, würden sie alsdann eben so ruhig verzehren können, als in der Monarchie; aber das ist Verblendung. Wir ertragen es ganz wohl, daß uns eine Familie beherrscht, die wir über uns erhaben glauben. Aber wenn sich ein Bösewicht, der dem Range nach nicht mehr ist, als ich, durch Geld und List bei den Wahlen emporschwingt; ein Mann, dem ich mich an reellem Verdienst überlegen fühle – das kränkt. Auch wenn ich nicht gewählt werde, und die Frau sagt: »aber, lieber Mann, warum wählen sie denn dich nicht? wenn wir doch nur ein einzigesmal das Glück hätten! unsere Kinder werden gar nicht so angesehen, als wie der Frau N... ihrer« – das schneidet sehr tief und verbittert das Leben, und verleitet selbst manchen Mann, der in einer Monarchie ehrlich geblieben wäre, zu Kabalen. Bei einer solchen Hintansetzung verliert alles seinen Wert. Schon der schönste Landsitz in England wird seinem Besitzer zur

Wüste, wenn er bei einer Parlamentswahl ausgefallen ist. Hingegen in einer Monarchie vernachlässigt zu werden, das schreibt man mehr dem Schicksale zu, und dünkt sich wohl noch gar in dem Leiden groß, und wird auch mehr beklagt. Jeder mir benachbarte Bauer, der seine Stimme wider mich gegeben hat, sieht sich als meinen Herrn an, und rühmt sich in der Schenke, mich gedemütigt zu haben. –

Zweitens, ist denn das Geld, das dem Hofe gezahlt wird, weggeworfen? oder wird es in eiserne Kisten vergraben? Kommt es nicht vielmehr schneller in Umlauf, als jedes andere Geld? Fragt einmal die Hoflieferanten, oder den Schuster und Schneider, der für den *Hof* des Hoflieferanten arbeitet; diese werden anders urteilen. Der Hof hat seine Höfe unter sich, die wieder die ihrigen haben, und so erstreckt es sich mit unzähligen Ramifikationen bis zur untersten Klasse.

Drittens untersuche man einmal unparteiisch, was eigentlich der Grundtrieb des Republikanismus ist. Bei den meisten wenigstens ein Haß gegen die Großen. Denn man ist gewöhnlich immer desto weniger republikanisch gesinnt, je höher der Rang ist, den man selbst in der Welt bekleidet. Auch ist es schon hundertmal gesagt worden, daß die Verteidiger der Gleichheit eigentlich nichts wünschen, als alles höher zu ihrem Horizont hinauf, aber nicht sich selbst zu einem tiefern herab gebracht zu sehen. Die berühmte Mrs. Macaulay, eine große Gleichmacherin, konnte es dem Dr. Johnson nie vergessen, daß er sie nach einem solchen Dispüt, als man sich zu Tisch setzte, fragte, ob sie nicht ihren Kammerdiener mitessen lassen wollte.

Viertens wird man häufig finden, daß die Verteidiger der Freiheit nicht selten die größten Tyrannen in ihrem Hause sind. In England erzählt man, daß der Herzog von Richmond, der ehemalige große Verteidiger der amerikanischen Freiheit nicht selten seine Verwalter durchprügeln soll. Ja, Milton, der große Freiheitsredner, hatte drei Weiber nacheinander und drei Töchter, aber solche erniedrigende Begriffe vom weiblichen Geschlechte, daß er glaubte, sie wären bloß zu *Gehorchen* da. Dieses ging bei ihm so weit, daß er sogar seine eigenen Töchter nicht schreiben lernen ließ. Ich glaube, es müßte eine sehr unterhaltende Lektüre sein, die Reden eines solchen Freiheitsritters mit der Geschichte des kleinen monarchischen Staates verglichen zu sehen, an dessen Spitze er selbst steht.

Eine Republik zu bauen aus den Materialien einer niedergerissenen Monarchie, ist freilich ein schweres Problem. Es geht nicht, ohne bis erst jeder Stein anders gehauen ist, und dazu gehört Zeit.

Die besten Gesetze kann man bloß respektieren und fürchten, aber nicht lieben. Gute Regenten respektiert man, fürchtet man und liebt man. Was für mächtige Quellen von Glück für ein Volk!

Zwei auf einem Pferd bei einer Prügelei ein schönes Sinnbild für eine Staatsverfassung.

Ein großer Herr sollte nur eine allgemeine Religion haben. In den Schulen müßten alle Religionen Erlaubnis haben ihren Glauben und Aberglauben zu lehren. Der Fürst aber müßte lehren: daß die Gemeinden, welche die zum Gemein-Wohl abzielenden Gesetze nicht hielten, ihre Religions-Freiheit verlieren sollen.

Ist es nicht sonderbar, daß man zu den höchsten Ehrenstellen in der Welt (König) ohne Examen gelangt, das man von jedem Stadt-Physikus fordert?

Alle großen Herrn sollten so wie die Sultane eine Kunst lernen, wir leben jetzt in sonderbaren Zeiten, man kann nicht wissen ob man sie nicht einmal braucht. Der vorige türkische Kaiser schnitzte Bogen und Pfeile sehr gut, der jetzige malt Musselin für das Frauenzimmer.

Da gnade Gott denen von Gottes Gnaden.

Wir von Gottes Ungnaden Taglöhner, Leibeigen[e], Neger, Fronknechte etc.

Man wäscht am Gründonnerstag 12 Männern oder Weibern die Füße, und dafür das ganze Jahr hindurch allen übrigen Untertanen die Köpfe.

Die an den Untertanen meistern wollen, wollen die Fixsterne um die Erde drehen, bloß damit die Erde ruhe.

Die Franzosen versprachen in den adoptierten Ländern Bruderliebe, sie schränkten sich aber am Ende bloß auf Schwesterliebe ein.

Wenn Heiraten Frieden stiften können, so sollte man den Großen die Vielweiberei erlauben.

Wie herrlich würde es nicht um die Welt stehen, wenn die großen Herrn den Frieden wie eine Maitresse liebten, sie haben für ihre Person zu wenig vom Kriege zu fürchten.

In einem Lande N. N. müssen bei einem Kriege der Regent so wohl als seine Räte solange der Krieg währt über einer Pulvertonne schlafen und zwar in besondern Zimmern des Schlosses, wo jedermann frei hinsehn kann um zu beurteilen, ob das Nachtlicht auch jedesmal brennt. Die Tonne ist nicht allein mit dem Siegel der Volks-Deputierten versiegelt sondern auch mit Riemen an den Fußboden befestigt die wieder gehörig versiegelt sind. Alle Abend und alle Morgen werden die Siegel untersucht. Man sagt daß seit der Zeit die Kriege in jenen Gegenden ganz aufgehört hätten.

Es scheint fast, als wenn es mit der Erkenntnis gewisser Wahrheiten und ihrer Anwendung im Leben ginge, wie mit Pflanzen: wenn sie einen gewissen Grad von Höhe erreicht haben, so werden sie abgeschnitten, um wieder von vorne anzufangen. Der höchste Grad von politischer Freiheit liegt unmittelbar am Despotismus an. Wie schön ist es nicht bei der englischen Constitution, daß sie republikanische Freiheit mit der Monarchie schon vorläufig gemischt hat, um den völligen Umschlag aus einer Demokratie in reine Monarchie oder Despotismus zu verhindern!

Wenn Freiheit, wie man sagt, dem Menschen natürlich ist, ist es ihm denn minder natürlich, sich dem Schutze eines andern zu unterwerfen, wenn er nicht Stärke oder nicht Tätigkeit genug hat? Da man sich über Könige weggesetzt hat, wird es nicht immer Menschen geben, die sich über Gesetze wegsetzen? *Tugend in allen Ständen ist die Hauptsache*; wo die nicht ist, da ist alles nichts, und Wechsel wird stets Statt finden. Alles, wofür ein Staat zu sorgen hat, ist, richtige Begriffe von Gott und der Natur in Umlauf zu bringen. Man hat sich über Könige weggesetzt, nicht weil sie Tyrannen waren; sondern man nannte sie so, weil man sich über sie wegsetzen wollte. Und wie, wenn es nun nie an Ehrgeizigen fehlen wird, die die Gesetze für Tyrannen halten?

Es kommt nicht darauf an, ob die Sonne in eines Monarchen Staaten nicht untergeht, wie sich Spanien ehedem rühmte; sondern was sie während ihres Laufes in diesen Staaten zu sehen bekommt.

Das Wohl mancher Länder wird nach der Mehrheit der Stimmen entschieden, da doch jedermann eingesteht, daß es mehr böse als gute Menschen gibt.

Solche Leute sollten in wohleingerichteten Staaten eine Null auf den Knöpfen tragen.

Gnädigstes Sendschreiben der Erde an den Mond

Es kann, oder sollte wenigstens Euch, als Unserm Nachbarn und Vasallen nicht unvergessen sein, wasmaßen Wir seit Unserer Thronbesteigung und glorreichen Regierung Euch beständig mit Gnadenbezeugungen überhäuft haben, wogegen Eure Uns zwar pünktlich geleistete, aber immer an sich unbeträchtlichen Dienste keineswegs gerechnet werden mögen. Kraft des Euch zugeflossenen Dekrets sub dato den ersten Jänner anno I.A.C.N. haben Wir Euch zu unserm Reichsgroß-Laternenträger und ersten Leibtrabanten *allergnädigst* bestellt, und Ihr habt, was das letztere anbetrifft, Euch so verhalten, daß Wir *gnädigst* eingestehen, wir würden uns *höchsten* Orts einer *Gnädigen* Lüge schuldig machen, wenn wir sagten, Ihr seid darin untreu verfahren, maßen Uns Ihr auch nicht ein einzigesmal den Rücken gewandt. In Betreff aber des Reichsgroß-Laternenträger-Amts, sei es Euch *huldreichst* unverhohlen, daß Ihr dasselbe gleich anfangs in meinen besten Staaten ziemlich ökonomisch (um uns jetzt aller minder huldreichen Ausdrückungen zu entheben) verwaltet, und Euer Licht oft verlöschen lassen, wenn es am nötigsten war, und dadurch nicht selten Anlaß zu allerlei Konfusionen, und allemal ein böses Exempel gegeben habt. In Eurem Archiv wird sich noch ein deshalb an Euch in dem ersten Jahre Unserer Regierung ergangenes gnädigstes Monitorium befinden, worin Wir Euch ein solches in *gnädigst* derben Ausdrücken verwiesen. Als Ihr aber augenscheinlich den Starrkopf und gewissermaßen den Mann nach der Uhr zu machen anfingt, so haben Wir *huldreichst*, nach reiflicher Überlegung und in Rücksicht auf Euren anderweitigen Diensteifer nachgegeben, und in Unsern Hauptstädten Gassen-Laternen anzulegen geruhet. Allein hiermit ist dem Übel, der großen Kosten ohngeachtet, noch gar nicht gesteuert. Denn leider folgen eben diese Gassen-Laternen jetzt nur zu oft Eurem leidigen Beispiel, und haben Neulicht, wenn sie entweder volles haben oder doch im letzten Viertel sein sollten. Und was Wunder? Wenn das große Reichs-Nachtlicht es so macht, was soll man von den Reichs-Nachtlichterchen sagen? Sollen wir sie etwa beständig jahraus jahrein brennen lassen? da kostete uns die Finsternis mehr als das Licht. Oder soll ich studierte Lampenwärter halten, die dieselben nach den Epakten und photometrischen Grundsätzen anstecken? Oder den Astronomen, die nunmehr um die profitable Astrologie gekommen sind, etwa dafür den profitabeln Gassenlaternen Pacht übertragen? Was? – –

Weiter. Wir suchten Euch durch Güte zu gewinnen, und übertrugen Euch die Aufsicht über unsern großen Salzwasser-Vorrat und dessen täglich etzlichemal nötige Rüttel- und Schüttelung, und über das noch in unserm *höchsten* Wind und Wetter-Collegio, Sitz und Stimme. Ja Ihr erhieltet bereits vor ziemlicher Zeit, eine Ehre, worüber Euch selbst alle Sonnenheere beneiden könnten, nämlich mit Zuziehung der Sonne die Zeit des Osterfestes zu bestimmen. Ob wir nun gleich fürs erste Euch in dem Besitz derselben zu lassen gedenken, so können Wir doch *gnädigst* nicht ganz in Abrede sein, daß uns jener Schritt, wegen der sonderbaren Art, womit Ihr Euch dabei betragen habt, in etwas nach gerade zu gereuen anfängt. Sagt wart Ihr, Starrkopf, nicht Ursache, daß meine gescheutesten Kinder, ich meine die Christen, einander fast auf eine recht unchristliche Weise sich darüber in die Haare geraten wären? Und hätten meine lieben Protestanten, die noch dazu recht hatten, nicht nachgegeben, so hätten in den gemischten Städten, die doppelten Ostern und Pfingsten natürlich auch doppelte dritte Feiertags-Andachten auf den Wirtshäusern und Krügen nach sich gezogen. Hieraus wären natürlich doppelte gelehrte Dispüten zwischen Fleischer-, Schuh-, Müller- und andern Knechten entstanden, woraus denn notwendig ein reziprokes Satyrisieren, Prügeln und Mores Lehren gefolgt sein würde, erst mit dem Stuhlbein und der Faust, dann mit der Flinte und dem Zeigefinger. Ja man hätte, wie es gewöhnlich geht, die Sache endlich wohl gar aufs große Spiel gesetzt, und um zu sehen wer Recht hätte, mit 24 Pfündern nach Regimentern gekegelt, und so hätten leicht 100000 meiner Kinder in die Grube fahren können, um was auszumachen? – – die Zeit, wann ihr Erlöser aus derselben auferstanden ist. Seht solche Sachen macht Ihr. Allein dem Himmel sei tausendfältiger Dank, dieses hat nun nichts mehr zu bedeuten. Aber glaubt ja nicht, daß damit Euer Oster-Unfug ganz gehoben ist; Ihr reguliert die Messen der Kaufleute, und weil die Gelehrten unter den Kaufleuten stehen, so zerfallen daher die semestria academica öfters in zwo so unbrüderliche Hälften, daß man glauben sollte ein Kaufmann hätte sie zwischen sich und einem Gelehrten geteilt. Sie verhalten sich nämlich fast wie 5 zu 7 und sind also wirklich in dem Fall der beiden algebraischen Schäferinnen, deren eine noch ein Schaf von der andern verlangte, um noch einmal so viel zu haben als sie, da es doch vernünftiger gewesen wäre sie hätte jener eins gegeben, so hätten sie beide gleich viel gehabt. Durch diese ungerechte Teilung geschieht es dann, daß z. E. die Pandekten, die ohnehin schon doppelte Zeit fressen, endlich, wenn es mit ihnen zu Ende geht, gleichsam als fräße der Tod aus ihnen, dreifache ja vierfache Portion verlangen, und den gutherzigen mathematicis und philosophicis quasi παν δεχόμεναι, alles vor dem Mund wegnehmen. Daher es dann kommt, daß selbst das *Studium* des

Rechts, (von der Ausübung wollen Wir gar nicht einmal reden) schon mit Unrecht tun anhebt; diese digesta in allen andern Dingen indigestionen nach sich ziehen, ihr subtiles Babel über das ganze Leben verbreiten; das Sprüchwort daher wohl recht hat: summum Jus summa injuria.

Dem ohngeachtet ließen Wir mit Unsern Gnadenbezeugungen nicht nach, und erhuben Euch von einer Ehrenstelle zur andern. Erst neuerlich haben Wir Euch, wie Ihr wißt, zum Wegweiser für die Schiffe bestellt, und da Ihr Euch in der neuen Charge ziemlich gut betruget, Euer fürwahr nicht sehr reizendes Warzen-Gesicht von Unserm nunmehro verstorbenen ersten Hofmaler, Tobias Mayer malen, und nachher in Kupfer stechen lassen, welches Bild Euch gleicht wie ein Tropfen Wasser dem andern. Ja lange vor dem Quinquennio physiognomico haben Wir, so oft Ihr Euren Schatten auf Uns warft, Eure Silhouette auffangen und zeichnen lassen, welches in der Tat viel ist, da Wir nicht glauben, daß Ihr der Unsrigen, ob Wir Euch gleich öfter dazu sitzen, eine solche Ehre habt angedeihen lassen.

Ferner haben Wir Euch einige Ehrenbezeugungen, worüber in Uns, wenn Wir wären wie andere, ein *höchster* Neid hätte entstehen mögen, gerne gegönnt, nämlich daß Euch einige Unserer unerzogenen Kinder göttliche Ehre erweisen und Euch anbeten, wie die Sonne, während als Wir, ihrer aller Mutter, Unsern *gnädigen* Rücken zum Knieschemel hergeben. Wir tun dieses den guten Kleinen zu Liebe, und hoffen sie werden es ohnehin lassen, wenn sie älter werden, und an Verstand zunehmen. Man hat sogar nach Eurer Gassenlaterne Jahre geordnet, welches Wir Euch um so weniger mißgönnen, als es von Leuten geschieht, die Euch heut zu tage wenig Ehre mehr bringen. Auch hat man Euer Wappen zum Zeichen des zweitedelsten Metalls, Wir meinen des Silbers genommen, während als man das Unsrige zu Bezeichnung des unedlen Antimonii gebraucht.

So klein aber auch diese Umstände an sich scheinen mögen und müssen, so haben sie doch vermutlich nicht wenig dazu beigetragen, Euren stolzen Sinn noch mehr zu heben, und

Euch glauben zu machen Ihr seid selbst eine Sonne, in allen Stücken ihren beständigen Affen zu spielen und Euch Dinge in den Kopf zu setzen, die für Euch viel zu hoch sind, und die Wir daher, ohne Uns vor allen Planeten lächerlich zu machen, unmöglich ungeahndet lassen können.

Dahin rechnen Wir *einmal*, daß Ihr Euch mit unerhörter Verwegenheit, ja frevelhafter Frechheit habt beigehen lassen Euch in Unsere, und namentlich die deutsche Literatur zu mischen, und gleichsam als ein zweiter Phöbus, Dichter zu begeistern, Oden zu singen, Trauerspiele fertigen zu lassen, Romanen zu inspirieren, und damit der Sonne nicht wenige der edelsten Seelen abwendig zu machen. Für das *zweite* werdet Ihr nicht leugnen können, daß Ihr, um hierin sicherer zu gehen, bei meinen guten Deutschen, recht hinterlistiger Weise Euch einen Mannsnamen erschlichen und Euch gegen den Gebrauch aller Völker nunmehr öffentlich *Der* von ihnen titulieren laßt, ja es sogar dahin gebracht habt, die Leute glauben zu machen unter Euch beiden sei die Sonne die Frau, da es doch jedermänniglich bekannt, daß Ihr nichts seid, als ein bloßes Weib. Schrieben Wir in einer andern Sprache an Euch, so wollten Wir Euch dieses deutlich zeigen, da Wir aber einmal *deutsch* schreiben, so wollten Wir fürwahr lieber *Herr Jäsus* und *gebena, stehena* schreiben, als die *Monde* und *der Sonn*.

Drittens sagt, habt Ihr nicht, bloß, weil sich die Sonne in Frankreich einen Stil eingeführt, den man dort nach ihr Phebus nennt, aus Nachäffung, auch einen in Deutschland zu erschleichen gesucht, den man *Laune* nennt. Ihr getraut zwar nicht, wie die Sonne, denselben schlechtweg nach Euerm Namen *Lune* oder *Luna* zu nennen, aber daß das ganze Euer Werk ist, sieht man gleich aus dem *Lunatischen* (so müßt Ihr sprechen guter Freund) das darinnen herrscht. Aber glaubt mir nur *Phebus* ist Schwulst und *Lune* ist Dörrsucht. Da Wir Euch einen Einfluß auf die Lunigte, die sogenannten Mondsüchtige allerdings verstattet haben, dürft Ihr deswegen gleich Dichter und Philosophen aus ihnen machen. In Unserm Kontrakt steht kein Wort von einer gelehrten Bank im Tollhaus.

Rechnet Ihr etwa darauf, daß Euch einige neuere deutsche Dichter von der verliebten Bank bei nächtlicher Weile anbeten? Mein lieber Mond, laßt Euch durch dieses affektierte Gewinsel dieser warmen Seelen nicht blenden, sie tun es nicht aus Empfindung, sondern bloß weil es die wärmeren Ausländer vor ihnen getan haben. Ihre Ausdrücke sind wie die der meisten ihrer Brüder von außerhalb eingeführt, und kein einheimisches Produkt; sobald ihnen dieses genommen wird, so können sie so wenig Gedanken und Ausdrücke liefern, als ihre Äcker Pomeranzen oder Gewürz. Was Unsere Deutschen von Herzen sprechen gleicht ihrem Rheinwein und Pumpernickel, gesund und derb aber nicht süße. Wären ihnen solche Prosopopöien natürlich, sie würden sie mehr abändern. Die wahre Empfindung findet immer ihren eignen Weg, und trifft sie je eine bereits gebahnte, so geschieht es selten ohne eine neue Bezeichnung. Und daß sich irgend jemand bei Euch an seine entfernte Geliebte erinnert, ist denn das so was Außerordentliches? Wir können Euch *gnädigst* versichern, daß man Uns gesagt hat, jede alte Kirchspitze, wobei das Mädchen lebt, oder von welcher man nur eine andere sehen kann, bei der es lebt, reflektiert ihr entferntes Bild weit herzlicher in die Seele, als Euer kahles, kaltes Allerweltsgesicht. Auch sind die Verliebten, die Euch auf diese Weise anbeten, gar nicht sonderlich beim eigentlichen Frauenzimmer geachtet, sie lesen das affektierte Gewinsel wohl, aber im Herzen unterscheiden sie sehr richtig, um Uns eines Bergmännischen Ausdrucks zu bedienen, zwischen dem Amanten von der *Feder* und dem Amanten vom *Leder*. Ihr sucht, wie Diogenes, mit Eurer Laterne Weisen, und denkt sie gefunden zu haben, aber glaubt Uns auf Unser Wort, was Euch so stille hält, sind bloß ein Paar Lerchen und ein Paar Hasen die Ihr zum Gebrauch derjenigen blendet, die dieselben zu speisen belieben.

Rede der Ziffer 8 am jüngsten Tage des 1798ten Jahres im grossen Rat der Ziffern gehalten

(Die Nulle, wie gewöhnlich, im Präsidenten-Stuhl)

Morgen wird der Tag sein, an welchem ich in unserem geheimen chronologischen Ausschuß die Bank der Einer auf zehn Jahre verlassen, und morgen über ein Jahr *(tiefer Seufzer)* der, an dem ich die der Hunderte wieder besteigen werde, auf der ich nun seit ultimo Decembris 899 nicht gesessen habe. Ihr werdet mir also verstatten, teuerste Mitschwestern, daß ich, ehe ich meine Stelle im geheimen Ausschuß der Schwester Neune, übertrage, ein Paar Worte zu Euch rede, wozu mir einige Vorfälle während meines Sitzes auf dieser Bank Veranlassung gegeben haben, und worüber es in dem Jahre, das morgen seinen Anfang nimmt, vielleicht noch oft zur Sprache kommen möchte.

Ich finde zwar in den Annalen des chronologischen Ausschusses kein Beispiel, daß je von irgend einer Schwester bei ähnlichen Gelegenheiten öffentlich im großen Rat wäre gesprochen worden. Ja ich erinnere mich noch sehr wohl, ob es gleich 1000 Jahre her sind, daß ich sogar am ersten Jänner 800, an dem Tage, da ich die Ehre hatte zum erstenmal in Centgräflicher Glorie im Ausschuß zu sitzen, nicht zu Euch geredet habe. Aber, geliebte Mitschwestern, tempora mutantur. Die 8, die das neunte Jahrhundert beherrschte, ist nicht mehr die, die das neunzehnte beherrschen wird; in 1000 Jahren läßt sich wohl was lernen. O ich habe es hundertmal bereuet, daß ich am letzten Dezember 1789, als ich mich von der Bank der Zehner zurückzog, nicht manches über den Fall der alten Bastille und der alten Philosophie, der sich unter meinem praesidio ereignete und mir schwer auf dem Herzen lag, gleich damals deklariert habe. Gottlob aber, es kann mir, als der sichern Erbin des Vorsitzes der Hunderte im nächsten Jahrhunderte, nicht an Gelegenheit fehlen, nachzuholen, was ich versäumet habe, nämlich zu erweisen, daß Bastillen und Philosophien geboren werden und sterben und wieder geboren werden und wieder sterben, so wie mutatis mutandis ihre Erbauer und ihre Erfinder. *(Hier Geräusch).* O! ich verstehe Euch wohl. Ihr scheint es nicht zum Besten zu nehmen, daß ich, als bloße Mitschwester, und weder die höchste noch die geringste unter Euch, es zuerst wage, Schlüsse zu machen und von Rechenschaft zu sprechen. Schlimm genug für Euch *(Gemurmel).* Doch damit Ihr seht, daß ich meinen Wert kenne, und meinen Stammbaum studiert habe: so müßt Ihr allerdings wissen: ich bin unter Euch allen erstens die vollkommenste *gerade Zahl (große Stille)*; bin zweitens unter Euch allen der einzige *wahre* Würfel *(spöttisches Lächeln von der Präsidentin und der Eins)*; bestehe drittens aus zwei gleichen Quadraten *(die Präsidentin lächelt fort)*; bin viertens, was das sonderbarste ist, zugleich der Würfel der Zahl, deren doppeltes Quadrat ich bin; und diese Zahl ist, fünftens, die ewige unverwerfliche Schiedsrichterin über alles Gerade und Ungerade im unermeßlichen Reiche der Zahlen von vornen und von hinten in alle Ewigkeit. *(Spöttisches Amen! von einigen; tiefe Verbeugung der Schwester Zwei).* Daher mich auch, ohne Ruhm zu melden *(heimliches Gickeln)*, die gütige Natur nach ihrer anbetungswürdigen, ewigen Weisheit im Range der arithmetischen Größe, zwischen Dich, Quadrat aller guten Dinge, hochverehrliche Neune und Dich hochwürdige apokalyptische Sieben, von Ewigkeit her gestellt hat. Ja, wenn ich alles dieses zusammen nehme, so fühle ich mich kühn genug, gerade heraus zu sagen, daß keine unter Euch allen, in Rücksicht auf Naturgabe, sich mit mir messen kann, als unsere erhabenste Präsidentin, die Nulle. *(lautes Gelächter. Sehr naiv, riefen einige; sehr wahr, andere; und eine hatte sogar die Verwegenheit, ancora zu rufen. Dieses brachte die Rednerin sichtbarlich auf und sie fuhr mit einiger Heftigkeit fort:)* Pfui schämt Euch! Ist das eine Aufführung für ganze Zahlen? Oder befinde ich mich vielleicht unter einer Rotte nichtswerter Dezimalbrüche, wovon man unendliche Reihen wegwirft, und am Ende den ganzen mächtigen Verlust mit einem Paar Pünktchen oder einem et cetera ersetzt? *(Große Stille, weil man wohl fühlen mochte, daß man mehr die Präsidentin, als die*

Achte beleidigt hatte). Und sagt mir, was ist denn Lächerliches darin, daß ich mich neben der Nulle wichtig dünke? Kennt Ihr wohl die wahrscheinliche Grenze des menschlichen Lebens? Was für Ziffern hat denn die allgütige Natur ausersehen diese Grenze zu bestimmen? Habt ihr wohl von einem Buche gehört, worin es heißt: *wenns hoch kömmt, so sinds achtzig?* Und wie schreibt man die Achtzig? Wie? – O! es sollte mir ein Leichtes sein, Euch mit drei Worten zu Jakobinern zu machen. Ich tue es aber nicht, und werde bloß zeigen, daß Euer Mangel an Respekt gegen unsere Präsidentin sich allein auf Eure Ignoranz gründete. Erlaube mir also, erhabene Nulle, Präsidentin unseres Rats, Kreis, Kugel, Bild der Ewigkeit, Schöpferin und Erbin des Chaos, oder wie Du sonst genannt sein willst, daß ich, ehe ich zum Hauptvortrage meiner Angelegenheiten komme, ein paar Augenblicke, einigen dieser Elenden zu Liebe, bei Deinem Verdienst verweile. Sagt, Spötterinnen, war es nicht die Nulle, die die Jahre zählte, ehe noch Zeit und Zahl waren, und dann wieder zählen wird, wenn diese nicht mehr sein werden? Fand nicht Shakespear, der große Allfühler, selbst das Zeichen der Nulle so wichtig und so ehrwürdig, daß er sogar die Welt damit bezeichnete, und die Schaubühne, die seine Privat-Welt war? Wäre er ein Deutscher gewesen, so würde er sicherlich jetzt sein Vaterland dankbar ebenfalls damit bezeichnen. War Sie es nicht, die den großen Gedanken faßte, die 1 zur 10, 100, 1000 etc. zu erheben, und dann, durch eine leichte Schwenkung, wiederum zu 0,1, 0,01; 0,001 etc. zu erniedrigen, wie man eine Hand umwendet. Wahrlich das Größeste, was je in der Welt, im Felde so wohl als auf dem Papier, durch Schwenkung ausgerichtet worden ist, und überdies so schwanger an Betrachtungen über Größe und Hinfälligkeit menschlicher Dinge, deren Wert oft bloß von Schwenkungen einiger Nullen abhängt, daß, teuerste Mitschwestern, (so nenne ich Euch schwesterlich wieder, da ich Zeichen der Rührung bei Euch bemerke) daß, sage ich, die Zeit meines Aufenthaltes auf dieser Bank, ja, daß die ganze Zeit, die ich hier gesessen habe, zu kurz sein würde, alles zur Geburt zu bringen. So wurde die

Nulle endlich Schöpferin des großen Dezimal-Systems, und der großen Zehnfingrigkeit, die, wenn nicht Admiral Nelson, der bekanntlich nur fünf Finger hat, den Lauf der Taten hemmt, sich mit ihren zehn Fingern alles unterwerfen wird. Denn ihr müßt wissen, daß die große Nation, die ihre Freiheit mit 581 Schlachten, wovon 580 auf der Erde, und eine über den Wolken vorgefallen ist, erkauft hat, die Ebnerin der mächtigsten Thronen, die Durchstecherin der Landenge von Suez, die Abgleicherin durch Ungleichheit und die Käuferin des mit Geld Unerkäuflichen; daß, sage ich, diese Nation dieses Dezimal-System mit der ihr eignen Kraft und Barschaft an Taten unterstützt, und mit dem Feldgeschrei: *Friede dem Einmal-Eins, und Krieg allen Tafeln, Sonnenuhren und Zifferblättern der ganzen Welt*, von Westen nach Osten zieht. O! wie habe ich während meines Präsidiums auf der Einer-Bank oft gelächelt, wenn man von Bonapartes geheimen Absichten sprach und die hauptsächlichste darunter vergaß, nämlich: *den Berg Sinai zu erobern, eine Druckerei auf demselben anzulegen, und so das Dezimal-System über die ganze rechnende Welt zu verbreiten*. Der Gedanke hat in der Tat etwas Großes. Denn erstlich ist das der Berg, auf welchem bekanntlich das erste Dezimal-System auf steinernen Tafeln gedruckt worden, das daher Gottlob! auch so ziemlich Eingang gefunden hat; zweitens beweist es eine gewisse Erkenntlichkeit der großen Nation, die allerdings jenem Berge eine Art von Satisfaktion schuldig war, da bei ihr, zugleich mit der Einführung der neuen Dezimal-Maße, manche Hauptartikel jenes alten Systems gleichsam aboliert worden waren. Wie ich höre, so wird mit den neuen Sinus-Tafeln der Anfang gemacht werden, und in der großen Universal-Orographie der Berg künftig seinen Namen von dieser Stiftung erhalten, wiewohl man der Schwachen wegen ihn einige Zeit bloß mit *Mons Sin:* bezeichnen wird, das jedes Herz lesen kann, wie es will, *Sinai* oder *Sinuum*. Doch ich fühle, ich verliere mich in der Erzählung Deiner Taten und Deines Wertes, große erhabene Nulle, sinnliches Bild des unabbildlichen Nichts. Wo würde ich ein Ende finden in Dir, dem unerschöpflichen Thema von

Tausenden. Ich ermüde. Doch erlaube mir, nur noch einige Minuten Deinen bürgerlichen Verhältnissen in tiefster Verehrung zu weihen. Warst Du es nicht, Citoyenne, die seit jeher deutsches Verdienst, wenn alles fehlte, aus Deinem unerschöpflichen Vorrate belohntest, den hungrigen Dichter bald mit Deinem runden Ambrosia-Zwieback labtest, bald in die leere Tasche des Lotto-Spielers und des tief spekulierenden Kaufmanns, weiß, klar und rund, tröstend hinab perltest. Warst Du es nicht, die allein den Armen nicht verließ und bar übrig blieb, wenn Alexander, Tamerlan, der Kosake Pugatscheff und der Zigeuner Gallant, oder sonst noch älteres oder neueres Gesindel, alles, Häuser, Schiebladen und Börsen, à jour gefaßt, zurückließen? *(Die Präsidentin verhüllt sich und glüht schamrot durch den Schleier durch, wie der volle Mond bei einer Total-Verfinsterung*. Die Rednerin bemerkt es, und geht zu einem neuen Gegenstand mit einer tiefen Verbeugung über).

Teuerste Mitschwestern, ich komme nun, *(indem sie sich die Augen wischt)* da ein großer Teil der Zeit, die ich zu reden hatte, verstrichen ist, nach Redner-Art, geschwind zur Hauptsache. Ob ich eben so geschwind darüber hingehen werde, hängt von der Zeit ab. Ihr wißt, ich rede in der Gespensterstunde. Schlägt die Glocke zwölf – weg bin ich. Ich habe so wohl aus dem Reichs- als allgemeinen literarischen Anzeiger, und noch aus einigen andern Anzeigern, und darunter sogar einigen englischen, mit Verwunderung ersehen, daß man in der Christenwelt über die Grenzlinie des achtzehnten und neunzehnten Jahrhunderts eine Art von Streit führt, der mit dem über die Rheingrenze einige Ähnlichkeit hat; nur mit dem Unterschiede, daß die eine Partei ganz auf dem rechten, die andere ganz auf dem linken Ufer besteht. An eine Mittel-Linie ist noch nicht gedacht worden. Das hätte auch noch gefehlt. Ich will mich erklären. Ihr wißt, morgen über ein Jahr besteige ich die Bank der Hunderte, und unsere Präsidentin ist, trotz so vieler diplomatischen Geschäfte, die sie in der Welt jetzt zu dirigieren hat, entschlossen, das Präsidium auf der Bank der Zehner und nebenher der Einer als Filial zu übernehmen, das ist, wir werden 1800 schreiben. Morgen über zwei Jahre tritt sie die niedrigere Stelle von beiden der Eins, die mit so vielem Ruhme die allerhöchste seit 800 Jahren begleitet hat, zum Filial ab, und wir werden 1801 haben. Die Frage ist nun, wann und an welchem Tage sollen Personen, die viel auf Geburtstags-Schmäuse halten, den Geburtstag des neunzehenten Jahrhunderts feiern? An dem Tage, an welchem ich auf die Bank der Hunderte trete, oder (nach dem ich diese ein Jahr besessen habe), an dem Tage, da die Eins das Geschäfte der Einer übernimmt? Kürzer: am 1ten Jänner 1800 oder 1801? Ihr seht deutlich, daß mich dieser Streit notwendig sehr interessieren muß. Mein ganzes erstes Regierungsjahr mit Hunderter-Rang steht auf dem Spiel, und ist gerade die Strom-Breite, um welche gestritten wird. Keine Kleinigkeit für den, der zu Herzen nimmt, daß es hier auf die Frage ankömmt: ob jenes, mein erstes Jahr, den jämmerlichen Nachtrab eines *alten* Jahrhunderts machen, oder die Anführerin *eines neuen sein soll*, das mit verjüngter Glorie seinen Einzug in die staunende Welt nehmen wird. Bedenkt, Mitschwestern, die Anführerin des neunzehnten, also des Jahrhunderts, das vermutlich die Zahl der Planeten verdoppeln, und die der Trabanten und der Metalle vervierfachen wird; des Jahrhunderts, worin vermutlich die Luftschlachten der Völker sich zu den Land- und Seeschlachten wie 580 zu 1 verhalten werden, so daß die Zeitungsschreiber, von Paris bis Hamburg, sie mit hundertfüßigen Teleskopen aus dem Comtoir selbst bevisieren, bephantasieren und als Augenzeugen beschreiben können; und worin man die hoch vorüber sausenden Helden und ihre Sänger wie Raubvögel und Lerchen aus der Luft schießen wird. O! und des Jahrhunderts, das gewiß die Ehre haben wird, die Früchte einer neuen Wissenschaft, ich meine der mit großem Geld- und Blutaufwand eröffneten, neufränkischen Experimental-Politik, entweder einzuernten, oder, als hienieden unreifbar, zum Dünger für etwas minder Utopisches wieder unterzupflügen. Das Herz blutet mir, wenn ich bedenke, daß wahrscheinlich mein Antrittsjahr 1800 noch an das vergangene wird abgeliefert werden müssen. Hierüber muß ich mich erklären *(sieht nach der Uhr und fängt an geschwinder zu reden)*.

Ihr wißt allerseits, daß im 6ten Jahrhundert zu Rom ein kaum vier Fuß hoher Abt lebte, der, wo ich nicht irre, aus Skythien stammte. Er hieß Dionysius, und, wegen seines geringfügigen Körpers, der Kleine (exiguus). Dieser kleine Mann hatte zuerst den großen Einfall, unsere Jahre nach der Geburt Christi zu zählen, das ist, unsere jetzige Zeitrechnung zu stiften. So viel ich weiß, ist sein Geist nie gemessen worden, allein das weiß man mit vieler Zuverlässigkeit, daß er sich im Jahr der Geburt Christi wohl geirrt haben möge, praeter propter um etwa vier Jahre. Doch darauf kömmt hier nichts an. Genug, seine Zeitrechnung, wahr oder falsch, gleich viel, fand Beifall, und dieser mächtige Epochen-Stamm wuchs auf christlichem Boden ungestört fort, trotz der vielen kleinen Schmarotzer-Epochen, die sich an denselben hier und da angesetzt haben und noch immer ansetzen. Allein Jammer Schade ist, daß noch sogar gestritten wird, wie eigentlich der kleine Dionysius gerechnet habe, ob er, weil Christus nicht auf den ersten Jänner geboren worden ist, sondern vorher, und die eigentliche Inkarnation noch weiter in das Jahr der Geburt zurückfiel, das Jahr der Geburt und der Inkarnation selbst das erste Jahr genannt habe, oder das Jahr nach diesem Geburts- und Inkarnationsjahre. Diese Schwierigkeit ist so groß (denn Kleinigkeiten aufs Reine zu bringen, hat oft große Schwierigkeiten), daß ein zweiter Dionysius, der tausend Jahre nach jenem kam, kein winziger vier Fuß hoher Abbé, sondern ein derber Sechs-Füßer von einem französischen Jesuiten, namens Dionysius Petavius, der, ob er gleich im 16ten Jahrhundert zu Orleans und Paris sichtbar herumwandelte, im Geist größtenteils in den alten Zeiten spükte, sie so groß fand, daß er anfangs nicht recht mit sich selbst eins darüber werden konnte; sich einmal sogar selbst widersprach, doch aber am Ende bewies, wir zählten, wenn wir Dionysisch zählen wollten, jetzt wirklich falsch, und müßten eigentlich bisher schon 1799 gezählt haben, da wir 1798 zählten. Doch dieses nur im Vorbeigehen, und zum Beweis einer Unsicherheit in diesen Rechnungen, die wenigstens dazu dienen kann, eine andere zu entschuldigen.

Ihr werdet, teuerste Mitschwestern, allerseits gesehen haben, daß die Zweideutigkeit, von der ich so eben geredet habe, den Grenzstreit der Jahrhunderte gar nichts angeht. Genug, wir zählen Jahre, ob scharf Dionysisch oder nicht, das ist nun gleich viel. Es wäre lächerlich, zumal ohne eine Armee von 300000 Mann, sich jetzt noch einem so alten christlichen Gebrauche durch solche Finessen zu widersetzen und die Ordnung der Dinge zu stören. Es ließe außerdem ja, als wenn unsere Erfindungskraft so erschöpft wäre, daß wir gar nichts weiter erfinden könnten, als neue Meilen, neue Thermometer-Skalen und neue Schmarotzer-Epochen. *(Hier etwas Gemurmel von Mons Sin: und Uhrziffer-Blättern. Die Rednerin hört es, fährt aber ruhig fort).* Mit einem Wort, wir zählen Jahre nach Tausenden, nach Hunderten usw. So bald wir aber dieses tun, so müssen wir auch offenbar, um die Hundert voll zu machen, die Hundert selbst nicht fehlen lassen. Wo nach Hunderten gezählt wird, macht die Hundert selbst den Beschluß. So wäre also das Jahr, das nun in wenigen Minuten zu Ende gehen wird, das 1798te nach Christi Geburt gewesen, folglich fehlen noch zwei, um das Hundert voll zu machen, und der Geburtstags-Schmaus des neunzehnten Jahrhunderts muß gefeiert werden: am 1ten Jänner 1801. Also das erste Jahr, worin ich auf der Bank der Hunderte erscheine, ist wirklich *(man bemerkt ein Zittern in der Stimme)* der Nachtrab des vergangenen Jahrhunderts, und ich muß mich damit trösten, daß ich, in rangmäßiger Verbindung mit der Schwester Eins, die Ehre habe das 18te Jahrhundert endlich einmal mit voller Zahl zu besiegeln, welches bisher immer mit einer 17 und Dezimal-Brüchen des Säkulums geschehen ist. Da ich dieses mir von der Vernunft übergebene Siegel ein ganzes Jahr noch als Bürgerin des 18ten Jahrhunderts führen werde: so hoffe ich auch damit selbst die bruta, die bisher nicht begreifen konnten, warum das 18te Jahrhundert mit einer 17 bezeichnet wurde, zu überzeugen, daß wir bisher im 18ten Jahrhundert gelebt haben. Der Gerechte erbarmet sich auch seines Rindviehes. Ihr erkennt nunmehr, teuerste Mitschwestern, hieraus meine Unparteilichkeit. Ja *(sich ermunternd)* mit Freuden lege ich die schimmernde Krone, die mir bei meiner Erhöhung gereicht wurde, in das Grab des hingestorbenen Jahrhunderts. – Indessen sollte es mich nichts weniger als betrüben, wenn die Geburtstags-Schmauser auch den ersten Tag meiner Erscheinung (1. Jan. 1800), an welchem sich Millionen Hände zu einem neuen Zuge gewöhnen müssen, und sich mit kalligraphischem Wonnegefühl gewiß, wiewohl nicht ohne unzählige Schnitzer, endlich gewöhnen werden, auch ein wenig feierten. Denn so würden ja *(sie lächelt in sich selbst hinein)*, was die Welt immer liebt, der Schmaustage, statt eines, zwei *(frohes, jovialisches Lächeln von allen Seiten)*. Ja, wo ich nicht sehr irre, so ist gerade jener neue Datums-Zug wohl hauptsächlich Ursache, warum über die Frage gestritten wird, und eben deswegen schon eines kleines *Präliminar-Schmauses*, vor dem großen *Definitiv-Schmause*, wert.

Indessen aber, teuerste Mitschwestern, so sehr ich auch alte, ehrwürdige Gebräuche respektiere, und überzeugt bin, daß sich unser christliches Jahrhundert erst mit dem 1ten Jänner 1801 anfange, so kann ich Euch doch unmöglich verhehlen, daß es auch Gründe gibt, die entgegengesetzte Meinung zu verteidigen, wiewohl ich sehr gerne zugebe, daß diese Gründe eben nicht gerade die sein mögen, womit sie von ihren gewöhnlichen Anhängern verteidigt werden.

Es ist nämlich gewiß 1) daß unsere gegenwärtige, wahr oder fälschlich so genannte Dionysische Epoche sich von der Beschneidung Christi und weder von seinem Geburtstage, dem 25ten Dezember, noch von dem Inkarnationstage desselben anhebt, einem Tage, der hierbei für so wichtig gehalten wurde, daß die Engländer bis 1752 sogar ihr Jahr von demselben zu zählen anfingen, und noch bis jetzt spielt dieser Tag (der 25te März, Ladyday, Maria-Verkündigung) unter ihnen bei Miet-Kontrakten u. d. gl. seine Rolle. Also fällt weder der Geburts- noch der Inkarnationstag an den Anfang unserer jetzt rezipierten Epoche. Sondern beide Tage, auf die doch alles ankömmt, fallen in das Jahr vorher, und folglich zählen wir, im strengsten Verstande, nicht Jahre nach dem Geburts- und Inkarnations-Tage, sondern nach dem Geburts- und Inkarnations-Jahr Christi. 2) Ist wohl ganz außer allem Zweifel, daß wir nicht vergangene, sondern laufende Jahre zählen. Unser gewöhnlicher Ausdruck, anno I, anno 1000, anno 1798 zeugt, so wie der lateinische Ausdruck: anno post Christum natum primo, millesimo etc. daß man, im bürgerlichen Leben, nicht vergangene Jahre zählet, sondern laufende. Man datiert Briefe nach dem laufenden Jahre, so wie nach dem laufenden Monatstage. Bezeichnet aber jener Ausdruck bloß Jahre nach dem Geburts- und Inkarnationsjahre, wie soll man denn dieses Geburts- und Inkarnationsjahr selbst bezeichnen? Doch wohl nicht mit dem Namen des ersten Jahres vor der Geburt und Inkarnation? Dieses wäre ja eben so widersinnig, als es das erste nach derselben zu nennen. Es bleibt also nichts übrig, als, da unsere Jahrrechnung mit einem ersten Jänner anfängt, vor welchem die Geburt und Inkarnation Christi liegt und liegen muß, das ganze Jahr der Begebenheit selbst mit 0 zu bezeichnen, und dessen Anfangspunkt um ein ganzes Jahr hinter den der christlich-bürgerlichen Epoche zurück zu setzen, aber nicht ein ganzes Jahr hinter das Datum der Begebenheiten selbst, auf die es eigentlich hier ankömmt, sondern nicht einmal ein ganzes Viertel-Jahr hinter den Tag der Inkarnation. So bald man aber ein Jahr Christi 0 hat, das ist, ein Jahr, das man weder das erste Jahr *vor* dessen Geburt, noch das erste *nach* derselben nennen kann: so ist es wenigstens niemand zu verdenken, am allerwenigsten aber jemanden, der etwa mehr mit dem Absoluten der Meßkunst, als mit dem Konventionellen bürgerlicher Beschlüsse bekannt wäre, wenn er für recht und billig hielte, unsere Jahre von jenem 0 Punkte an zu zählen, also nicht *laufende*, sondern *verstrichene* Jahre, gerade so wie der Astronom ohnehin schon seine Zeichen des Tierkreises bei den Längen der Planeten und seine Monatstage zählt, und wie wir selbst im gemeinen Leben unsere Stunden zählen. Denn III Uhr, 50' heißt ja auch nicht 50 Min. der dritten Stunde, sondern der vierten, so wie 100 Rtlr. 6 Ggr. nicht 6 Ggr. des 100sten Talers, oder so viel als 99 Rtlr. 6 Ggr. bedeutet. Warum soll denn nun 1798 1ten Jul. gerade so viel sagen, als 6 Monate des 1798ten Jahres, und nicht 1798 Jahr und 6 Monate nach jenem 0, das nicht viel unrichtiger liegt, als jener Anfangspunkt, und wodurch obendrein so viele Gleichförmigkeit in die Sprache über Zeitrechnung überhaupt gebracht würde? Denn, so viel ich sehe, würde dadurch die Ordnung der Tafeln nicht im mindesten gestört werden. Wenn man den Ort der Sonne für 1798 den 1. Jul., 5 Uhr berechnen will, so schreibt man aus den Tafeln den Ort für die Epoche von 1798, das ist, für den Anfang dieses Jahres nach bürgerlicher Rechnung ab, addiert dazu die Veränderung von 6 Monaten und von 5 Stunden. Aber der Anfang des 1798ten Jahres, nach der gewöhnlichen Rechnung, ist ja mit dem Ende das 1798ste von jener 0 an gerechnet einerlei. Allein so gerechnet, schreiben wir jetzt, da ich rede *(sieht nach der Uhr)*, von jenem 0 an, 1798 Jahre, 11 Monate, 30 Tage, 23 Stunden, 56 Min., und heute über ein Jahr, ginge mit dem 1799ten Jahr, nach der gewöhnlichen Rechnung, das 100ste des Jahrhunderts, auf diese Weise gezählt, zu Ende. Noch merke ich an, daß es ja nicht sonderbarer wäre, wenn die Astronomen ihre Jahrhunderte anders zählten, als daß sie ihre Tage anders zählen, wie sie wirklich tun, nämlich, nicht laufende, sondern vergangene, und diese noch oben drein von einem andern 0 ab, als das im bürgerlichen Leben. Zum Beschluß erinnere ich noch einmal, daß ich nicht verbessern, nicht neuern, sondern bloß entschuldigen wollte. *(Die Neune regt sich, um von der Bank Besitz zu nehmen)*. Ich sehe, teuerste Schwester und Nachfolgerin, du eilst meine Stelle einzunehmen. Ich weiche. Bedenke, du hast ein wichtiges Jahr vor dir. Sorge ja für Frieden, und halte dich durchaus, während deiner Regierung, als das Quadrat aller guten Dinge, und nicht *(etwas in den Bart murmelnd)* wie im kalten Winter. *(Die Glocke schlägt 12, man hört etwas von: Viel Lärm um nichts; die 8 geht ab, und die 9 setzt sich auf die Bank. Gratulationen zum neuen Jahre von allen Seiten)*.

»Die Wörter-Welt«:
Vermischtes zum Ausklang

Da der Mensch toll werden kann, so sehe ich nicht ein, warum es ein Weltsystem nicht auch werden kann.

Daß ich etwas, ehe ich es glaube, erst durch meine Vernunft laufen lasse ist mir nicht ein Haar wunderbarer, als daß ich erst etwas im Vorhof meiner Kehle kaue, ehe ich es hinunter schlucke. Es ist sonderbar so etwas zu sagen und für unsere Zeiten zu hell, aber ich fürchte es ist für 200 Jahr, von hier ab gerechnet, zu dunkel.

Ich möchte zum Zeichen für Aufklärung das bekannte Zeichen des Feuers (△) vorschlagen. Es gibt Licht und Wärme, es [ist] zum Wachstum und Fortschreiten alles dessen was lebt unentbehrlich, allein – unvorsichtig behandelt brennt es auch und zerstört auch.

Jemand wollte einmal seinen Fliegen in der Stube den Zucker abgewöhnen, und das hat ihn über ein halbes Pfund Zucker gekostet, und doch kamen noch immer welche, die ihn nicht verschmahten.

Die Klugheit eines Menschen läßt sich aus der Sorgfalt ermessen, womit er das Künftige oder das Ende bedenkt. Respice finem.

Das Studium der Naturhistorie ist nun in Deutschland bis zur Raserei gestiegen. Es ist freilich immer besser als strotzende Freiheits-Oden zu verfertigen, oder das Dutzend Ideen unserer sogenannten großen Dichter bald in 3- bald sechszolligen Zeilen in erstimulierter Begeisterung zu mischen. Allein obgleich vor Gott das Insekt so viel gilt als der Mensch, so ist es für unsern Nerven-Knaul doch nicht. Gütiger Himmel, wie viel hat der Mensch in Ordnung zu bringen bis er auf Vögel und Schmetterlinge kommt. Lerne deinen Körper kennen, und was du von deiner Seele wissen kannst, gewöhne dich zur Arbeit, und lerne deine Bequemlichkeit überwinden, gewöhne deinen Verstand zum Zweifel und dein Herz zur Verträglichkeit. Lerne den Menschen kennen und waffne dich mit Mut zum Vorteil deines Nebenmenschen die Wahrheit zu reden. Schärfe deinen Verstand mit Meßkunst, wo du sonst keine Gegenstände findest, allein hüte dich vor Namen-Registern von Würmern, wovon eine flüchtige [Kenntnis] nichts nützt und eine gnaue ins Unendliche führt. Aber Gott ist unendlich im Insekt wie in der Sonne. O ich gestehe dieses gerne zu. Er ist aber auch im Sand des Meeres unermeßlich den noch kein Linné nach seinen Gestalten geordnet hat. Wenn du nicht besondern Beruf hast in jenen Gegenden nach Perlen zu fischen, so bleibe hier und baue deinen Acker, er erfordert deinen ganzen Fleiß, und bedenke daß die Zahl der Fibern deines Gehirns und ihrer Brüche und Falten endlich ist, wo eine Schmetterlings-Historie steht, wäre Platz für Plutarchs Leben gewesen die dich zu großen Taten angefeuert hätten. Ist nicht Geschichte der Künste notwendiger und nützlicher? Ich wollte lieber wissen was in der Geschichte der Handwerke und Künste steht, als alles war Linné je gedacht und geschrieben, weiß, wußte und wieder vergessen hat. Allein es ist das Los des Deutschen jeden großen Ausländer, der nichts anderes tun konnte, als was er tat, der den ausdrücklichen Befehl der Natur hatte in diesem und keinem andern Fache groß zu werden, ich sage es ist des Deutschen Los diesen Mann nachzuahmen, nicht allein ohne Befehl der Natur, sondern selbst wider ihren Willen.

Als der brave Mann tot war, so trug dieser den Hut, der den Degen so wie er, der ließ sich so frisieren, jener ging wie er, aber der redliche Mann wie er wollte keiner mehr sein.

Natürlich! wer sich in der Welt über gar nichts wegzusetzen weiß, der kömmt eo ipso ganz unten hin zu liegen. Man muß sich notwendig über manches wegzusetzen wissen; man kommt natürlich immer höher. (moderandum)

Der Umgang mit vernünftigen Leuten ist deshalb jedermann so sehr anzuraten, weil ein Dummkopf auf diese Art durch Nachahmen klug handeln lernen kann, denn die größten Dummköpfe können nachahmen, selbst die Affen, Pudelhunde und Elefanten können es.

Er hatte gar keinen Charakter, sondern wenn er einen haben wollte, so mußte er immer erst einen annehmen.

Ein Amen-Gesicht.

Es gibt Leute, die glauben, alles wäre vernünftig, was man mit einem ernsthaften Gesicht tut.

Es fehlt nicht viel, so ordnet man die Menschen in Rücksicht auf Geistes Fähigkeiten, so wie die Mineralien nach ihrer Härte, oder eigentlich nach der Gabe die eines besitzt, das andere zu schneiden und zu kratzen.

Das Höchste, wozu sich ein schwacher Kopf von Erfahrung erheben kann, ist die Fertigkeit, die Schwächen besserer Menschen auszufinden.

Jeder Mensch hat auch seine moralische backside, die er nicht ohne Not zeigt und die er solange als möglich mit den Hosen des guten Anstandes zudeckt.

Es sind ganz brave Leute, aber die Hälfte des Guten und Bösen, das man von ihnen sagt, ist nicht wahr.

Es gibt für mich keine gehässigere Art Menschen als die, welche glauben, daß sie bei jeder Gelegenheit ex officio witzig sein müßten.

Fein war er eigentlich nicht, allein er verstund doch die Kunst, wenn er es bedurfte, zuweilen auf seinen Nebenmenschen zu reiten.

Es ist schon sehr arg, daß es so viel Ehre ist, heutzutage etwas Falsches zu sagen.

Die Leute, die niemals Zeit haben, tun am wenigsten.

Er war ein solcher aufmerksamer Grübler, ein Sandkorn sah er immer eher als ein Haus.

Er schliff immer an sich und wurde am Ende stumpf, ehe er scharf war.

Die glücklichen Zeiten des Lebens, da man noch nicht denkt, wie alt man ist, noch kein Buch hält über die Haushaltung des Lebens.

Ich habe bemerkt, daß zwar jetzt eine gewisse Freigeisterei unter jungen Leuten einreißt, die mit der Zeit üble Folgen haben [kann], aber so viel ist gewiß, es hat sich doch ein gewisses Wohlwollen unter eben diesen Leuten ausgebreitet. Man findet viel Mitleiden, Bescheidenheit pp unter ihnen.

Wer wird abwimmern, was er abtragen kann?

Es gibt Leute, die so wenig Herz haben, etwas zu behaupten, daß sie sich nicht getrauen, zu sagen, es wehe ein kalter Wind, so sehr sie ihn auch fühlen mögen, wenn sie nicht vorher gehört haben, daß es andere Leute gesagt haben.

Nichts kann mehr zu einer Seelenruhe beitragen, als wenn man gar keine Meinung hat.

Gar nicht ist menschlich immer nur sehr wenig. Gar nicht schickt sich überhaupt bloß für die Engel, *Sehr wenig* mehr für Menschen.

Unsere Erde ist vielleicht ein Weibchen.

Seine Frau mußte ihm alle Abende die eheliche Pflicht leisten, seine Prahlereien anzuhören.

Einem Esel wurde das Bild der Isis zu tragen aufgelegt, und als das Volk das Bild mit Niederfallen verehrte, so glaubte er, die Ehre wäre ihm erwiesen.

Bei dem ist Hopfen und Malz verloren. B. Das setzt voraus, daß es mit ihm auf Bier angelegt gewesen wäre. Das ist es aber nicht. Es war alles Wassersuppe.

Es ist eine Frage, ob wir nicht, wenn wir einen Mörder rädern, gerade in den Fehler des Kindes verfallen, das den Stuhl schlägt, an dem es sich stößt.

Aufklärung in allen Ständen besteht eigentlich in *richtigen Begriffen von unsern wesentlichen Bedürfnissen*.

Sich recht anschauend vorzustellen zu lernen, daß niemand vollkommen glücklich ist, ist vielleicht der nächste Weg vollkommen glücklich zu werden.

Ich habe schon lange an einer Geschichte meines Geistes so wohl als elenden Körpers geschrieben, und das mit einer Aufrichtigkeit die vielleicht manchem eine Art von Mitscham erwecken [wird], sie soll mit größerer Aufrichtigkeit erzählt [werden] als vielleicht irgend einer meiner Leser glauben wird. Es ist dieses ein noch ziemlich unbetrettner Weg zur Unsterblichkeit (nur von Kardinal de Retz). Nach meinem Tod wird es der bösen Welt wegen erst heraus kommen.

Hermeneutische Billigkeit kann jeder Schriftsteller von seinem Leser verlangen, denn diese ihm versagen, ist eigentlich Chicane.

Die große Regel: Wenn dein bißchen an sich nichts Sonderbares ist, so sage es wenigstens ein bißchen sonderbar.

Die Wörter-Welt.

Bei Ausarbeitungen habe vor Augen Zutrauen auf dich selbst, edlen Stolz und den Gedanken, daß andere nicht besser sind als du, die deine Fehler vermeiden und dafür andere begehn, die du vermieden hast.

Die Fliege, die nicht geklappt sein will, setzt sich am sichersten auf die Klappe selbst.

Der gute Schriftsteller ist der der viel und lange gelesen und nach 100 Jahren noch in allerlei Format aufgelegt und eben dadurch das Vergnügen des Menschen im allgemeinen wird. Das ganze menschliche Geschlecht lobt nur das Gute, das Individuum oft das Schlechte.

Die Wege sind mit Nimmergrün besetzt.

Jedermann wird sich wundern, daß ich in den letzten Tagen der alt gewordenen Welt noch so was schreiben mag.

Es hatte die Würkung, die gemeiniglich gute Bücher haben. Es machte die Einfältigen einfältiger, die Klugen klüger und die übrigen Tausende blieben ungeändert.

☆ ☆

NACHWORT

Georg Christoph Lichtenberg und der deutsche Aphorismus – gehören nicht beide schon immer zusammen? Bereits Schopenhauer und Nietzsche, selber große deutsche Aphoristiker, bewunderten Lichtenberg als Vorbild. In der Literaturgeschichte gilt er bis heute als Begründer der aphoristischen Gattung in Deutschland. Dabei hat er nicht absichtlich Aphorismen geschrieben: kleine Notizen für den eigenen Gebrauch waren es eigentlich, nie zur Veröffentlichung bestimmt, die später derart Furore machten. *Sudelbücher* und *Schmierhefte* nannte er die Kladden, in denen er notierte, was ihm gerade einfiel. Sich selbst auf diese Weise kennenzulernen war sein Ziel. Er wollte nur die Gedankensplitter sammeln, die er sonst sofort wieder vergessen hätte. Dazu gehören witzige Einfälle, literarische Entwürfe, kurze Zitate aus Büchern, die er gerade las, sowie Vermerke über seine Gewohnheiten, Launen und Krankheiten. Es waren aber nicht einmal Tagebücher, die auf diese Weise zustandekamen; denn die Notizen sind viel zu unregelmäßig geführt und zu chaotisch in den Themen. Sie bilden nichts als eine lockere, zusammengewürfelte Reihe. Was die späteren Liebhaber des Aphorismus daran schätzten und auch weiterhin schätzen werden, ist gerade die Sprunghaftigkeit der Ideen, gepaart mit einer Ausdruckskraft, die den geborenen Sprachmeister verrät. Dabei zielte Lichtenberg keineswegs auf gekünstelte Merksätze, er wollte mit seinen höchst privaten Notaten ja niemanden beeindrucken. Vielmehr bemühte er sich, für jeden seiner Gedanken bloß den treffenden Ausdruck zu finden: »Ein guter Ausdruck ist soviel wert als ein guter Gedanke.« Freilich sind unter diesen Glanzstücken deutscher Ausdrucksweise kaum Aphorismen im eigentlichen Sinne zu finden. Statt gewichtiger Lebensweisheit nämlich dominieren in Lichtenbergs Notizen die Freude am Abgelegenen, das Interesse für Kleinigkeiten, ein lebhafter Spieltrieb, fragelustige Neugier und manchmal auch zweifelnde Ratlosigkeit.

Was aber macht die Lektüre dieser Texte für uns heute so spannend? Ist nicht alles, was dort anzutreffen ist, einfach alt und verstaubt? Haben wir nicht ganz andere Probleme, nachdem die Geschichte uns seitdem mit rund zweihundert Jahren Fortschritt gesegnet hat? – Das Gegenteil ist der Fall. Lichtenberg beobachtete und kommentierte sich und seine Umwelt auf eine Art, die unübertroffen bleibt: Seine Neugier und sein Urteil sind unvoreingenommen, kritisch, präzise bis zum Selbstquälerischen. Aus den Einzelheiten wollte er am Ende eine Lehre ziehen, er hegte die Hoffnung, daß sich die »Pfennigs-Wahrheiten« in der »Exzerpten-Buch Sparbüchse« zu einem Vermögen an sicherer Wahrheit fügen würden. Doch das Material blieb uneinheitlich, der Befund voller Widersprüche, und statt eines vertrauenswürdigen Weltbildes blieben nur Zweifel. Jeder Mensch – so scheint es – muß sich selbst fast unbekannt bleiben, da helfen keine jahrelangen Studien. Und die Gesetze der Natur wie der Gesellschaft liefern nur eine vorläufige, eine vorgetäuschte Sicherheit. Zwingt das nicht zu dem Gedanken, daß es mit dem Fortschritt allgemein nicht so sehr weit her sein kann? Daß viele Probleme, gerade auf dem Gebiet der Selbst- und Menschenkenntnis, seit dem Beginn des bürgerlichen Zeitalters häufig wiederkehren? Und hier kann uns Lichtenbergs facettenreiche Erfahrung nicht allein amüsieren, sondern auch manches lehren. Sie warnt vor allen scheinbar eindeutigen und leichten Lösungen, sie regt an zur Kritik: »Dinge zu bezweifeln, die ganz ohne weitere Untersuchung jetzt geglaubt werden, das ist die Hauptsache überall.« Lichtenberg ermahnt sich selbst eindringlich, aber auch alle anderen, selbst zu denken. »Man empfiehlt Selbstdenken«, diese Formel taucht in vielen seiner Texte auf. Jede eigene Erfahrung, jedes Gefühl, das man sich eingesteht, und jeder selbstgezogene Schluß helfen dem einzelnen, Klarheit zu gewinnen. Und die Gewißheit, daß jeder selbst denken kann, weil das Denken den Menschen natürlich ist, gibt Mut für die »Freiheit zu denken«.

Doch Lichtenberg war nicht nur der Chronist seiner eigenen Beobachtungen und skurrilen Einfälle. Die Zeitgenossen wußten davon sogar überhaupt nichts, weil die *Sudelbücher* erst nach dem Tode ihres Verfassers bekannt gemacht wurden. Und doch war er schon zu Lebzeiten berühmt und beliebt. Man bewunderte ihn als Wissenschaftler und Schriftsteller. In beiden Funktionen veröffentlichte er viele Texte, längere und kürzere, fast ausschließlich Prosa. Darin ging es zwar meist nicht so kontrovers zu wie in den Notizheften, doch die Brillanz des Stils, die Freiheit der Denkart und die unverwechselbare Individualität sind dieselben. Nur raffinierter, ausgefeilter erscheint alles – im umfangreicheren Zusammenhang kann das, was in den »Pfennigs-Wahrheiten« nur wie Funken sprüht, richtig leuchten, ja gleißen, freilich ohne den Betrachter zu blenden. Lichtenberg erhielt von vielen Zeitgenossen den Ehrentitel »Der witzigste Kopf Deutschlands«.

Als Professor für Mathematik und Physik an der Göttinger Georg-August-Universität beschränkte sich Lichtenberg nicht darauf, seinen Ruf als exzellenter Experimentator bei den Studenten und Kollegen zu bestätigen. Er setzte sich zum Ziel, sein Wissen darüber hinaus einem möglichst großen Publikum bekannt zu machen. So schrieb er ausführliche Aufsätze über naturwissenschaftliche Themen, von denen die meisten im *Göttinger Taschenkalender* abgedruckt wurden. Grundlegende Information wurde darin auf unterhaltsame Art vermittelt; die Aufsätze trugen viel zur Anerkennung der neueren Naturwissenschaft in dieser Zeit bei. Eines jedoch blieb Lichtenberg zeit seines Lebens verwehrt: Trotz höchster Anstrengung und einer schier unglaublichen Arbeitsleistung gelang ihm keine Entdeckung oder Erfindung, die seinen Namen für alle Zeiten in die Chronik der physikalischen Pioniertaten hätte einreihen können. So konnte er nur von den spektakulären Leistungen anderer berichten und zugleich an der Hoffnung auf den eigenen Durchbruch festhalten.

Viele Auszüge aus Lichtenbergs Aufsätzen im vorliegenden Brevier lassen eine Themenvielfalt erkennen, wie sie sonst nur in den *Sudelbüchern* vorkommt. Manchen Einfall, den er sich zuerst nur beiläufig notierte, hat Lichtenberg später auch als Keimzelle für einen Aufsatz verwendet. Das ist aber nicht die einzige Verbindung, die zwischen Notizen und Prosatexten, Beobachtungen und Reflexionen besteht. Was insgesamt wie ein leicht chaotisches Sammelsurium aussieht, bildet auf ganz individuelle Weise Lichtenbergs Gedankenkosmos. Keiner der scheinbar abgelegenen Gegenstände, mit denen er sich befaßte, ist aus dem gesamten Zusammenhang wegzudenken. Eine überzeugende Ordnung konnte er freilich nicht herstellen. Es mag wie Lichtenbergs spezielles Pech aussehen, daß er als einer der ersten unter seinen philosophierenden Zeitgenossen kein systematisches Denkgebäude mehr aufzuführen vermochte. Die Krise jeder dogmatischen Welterklärung erschien ihm bereits übermächtig – eine freiwillige oder gar absichtliche Beschränkung auf Witze und Absurditäten jedoch enthält sein Denken keineswegs. Er selbst bezeichnete die gesamte Natur als »ein großes Ganzes«, und jede einzelne Beobachtung und jedes kleinste Teil des Wissens sah er damit in Zusammenhang. Das Problem freilich, das sich ihm immer deutlicher stellte, war die geringe Möglichkeit des Menschen, sichere Erkenntnisse über dieses »große Ganze« zu erringen. Erst, so schien es sich im Laufe von Lichtenbergs Denkerleben zu bestätigen, müßte man etwas über den Menschen wissen, bevor man die ihn umgebende Natur richtig deuten könnte. Während jahrhundertelang das größte Interesse darauf gerichtet war, den Schöpfer zu verstehen, wurde Lichtenberg nicht müde zu versichern, die Kenntnis des Menschen sei für den Menschen weitaus wichtiger.

Der erste Weg zur Menschenkenntnis war für Lichtenberg die Selbstbeobachtung. Um zu zeigen, daß er sein Selbst aus derselben Distanz betrachtete wie jeden anderen Menschen auch, bezeichnete er sich in seinen Notizen selten als »ich«, sondern meist in der dritten Person als »er«. Eine Zusammenfassung seiner eigenen Charaktermerkmale überschrieb er: »Charakter einer mir bekannten Person«. Was Lichtenberg an Beobachtungen gelingt, zeugt von äußerster Sensibilität für Zwischentöne. Man hat lange Zeit seine Hypochondrie, seine eingebildete Kränklichkeit – die in vornehmen Kreisen neben der Melancholie zu den Moden der Epoche gehörte – für den Ursprung dieser Fähigkeit gehalten. Seit sich in jüngerer Zeit jedoch immer deutlicher herausgestellt hat, wie krank Lichtenberg wirklich war – er litt an inneren Krankheiten infolge einer Wirbelsäulenverkrümmung – kann von einem derartigen Kult nicht mehr die Rede sein. Lichtenberg schaffte es vielmehr in bewundernswürdiger Weise, seine mit dem Alter zunehmenden Leiden zu ertragen und trotzdem seinem Beruf nachzugehen. Daß er dabei vielfältige Schmerzen litt, steht außer Zweifel. Die Feststellung: »Ich habe die Hypochondrie studiert, mich so recht darauf gelegt«, besagt nichts weiter, als daß er sich mit diesem Zustand ernsthaft beschäftigte. Kaum einer mag sich in gleichem Umfang in den Schmerzen der Glieder und Organe ausgekannt haben. Der Ursprung für Lichtenbergs wegweisende Selbstbeobachtung sind ganz allgemein die Fähigkeit und die Einsicht in die Notwendigkeit, eigene Empfindungen zu registrieren und zu bewerten. Lichtenberg betrachtete seine Sensibilität und die Welt der Gefühle, die sie ihm eröffnete, stets als Ausgleich für die Ereignisarmut seines sonstigen Lebens, »dem der Himmel allerley versagt hat, worunter aber, ihm sey tausendmal gedanckt, ein lebhafftes Gefühl nicht mit ist«.

Für den Umgang mit Menschen erbrachten die Studien nur wenige feste Regeln. Sie machten Lichtenberg jedoch zu einem überzeugten Menschenfreund. Wenn er sich auch in eine vernichtende, hämische Polemik gegen die hineinsteigern konnte, deren Bücher und Ideen seiner kritischen Prüfung nicht standhielten, blieb er doch im großen und ganzen wohlwollend. »Höchst subtile Dummköpfe« nannte er nur diejenigen, die über ihren akademischen Studien das wirkliche Leben und die wirklichen Bedürfnisse ihrer Mitmenschen vergaßen. Denn letztlich hielt Lichtenberg – bei aller theoretischen Neugier für das faszinierende Spezialwissen, das sich auszubreiten begann – die Verbesserung der menschlichen Lebensbedingungen für das Ziel der Wissenschaft und der Literatur. Darin, da war er sich sicher, würde der wichtigste Fortschritt bestehen: »Der Mensch lebt allein um sein und seines Mitmenschen Wohl so sehr zu befördern als es seine Kräfte und seine Lage erlauben.« Der Optimismus, der aus dieser programmatischen Aussage spricht, wurde freilich oft von ernüchternden Erfahrungen getrübt. Doch Lichtenberg ließ sich nicht entmutigen. Aus dem allerletzten Brief seines Lebens, überschattet von schwerer Krankheit, spricht noch dieselbe Überzeugung: »Alles was der eigentlich weise Mensch tun kann, ist, alles zu einem guten Zweck zu leiten und dennoch die Menschen zu nehmen, wie sie sind.«

In der Welt der Schriftsteller und Gelehrten, Lichtenbergs ureigenster Lebenssphäre, versuchte er nach ganzen Kräften, »alles zu einem guten Zweck zu leiten«. Er argumentierte, stritt und – wenn es nicht anders ging – kämpfte mit allen Mitteln. Für den, dem »Dintenfaß« und scharfer Verstand die einzigen Waffen waren, umfaßten diese Mittel vornehmlich Satire, Polemik oder Streitschrift. Das waren die Gattungen, mit denen die Fehler der anderen scharfzüngig angegriffen wurden. Lichtenberg war ein gefeierter und gefürchteter Satiriker. Gefeiert von denen, die seine Meinung teilten, gefürchtet von der Gegenpartei, der seine Angriffe galten. »Das Kerlchen wütet, wie ein Kobold«, befand der Zeitgenosse Johann Heinrich Voß, »durch den Beifall seiner steifen spaßhaften Amtsbrüder und der Burschen ermuntert.« Lichtenberg fürchtete sich im vorhinein vor den Folgen, die seine Streitschriften gegen den mächtigen Lavater (die Physiognomik betreffend) und gegen die Raubdrucker haben würden – doch zugleich waren ihm die Themen so wichtig, daß er die Bedenken in den Wind schlug und eifrig attackierte. Den Gipfel seiner polemisch-satirischen Texte bildet das *Fragment von Schwänzen*, das er jedoch selbst nicht zu publizieren wagte. Freunde, denen er das Manuskript anvertraut hatte, mißbrauchten sein Vertrauen und ließen den Entwurf drukken. Er parodiert Lavaters *Physiognomische Fragmente*, in denen der Charakter von Personen anhand ihrer Gesichtszüge gedeutet wird. Lichtenberg hatte diesem Verfahren Lavaters mehrfach mit richtigen Argumenten widersprochen – indem er darauf hinwies, daß die Verbindung der »Seele« mit dem Äußeren des Körpers keineswegs so gesetzeshaft eindeutig sei –, nun machte er seinem Ärger im Spott Luft. Die vorgeblichen »Schwänze« von Tieren und die Haarbeutel von Studenten, die – ganz wie bei Lavater die Köpfe – im Scherenschnitt abgebildet werden, hatten damals denselben Doppelsinn, den das Wort in der heutigen Umgangssprache auch hat. Was konnte einem reformierten Geistlichen aus der Schweiz peinlicher sein, als durch solch eine Satire in der Öffentlichkeit lächerlich gemacht zu werden?

Der brillante Stil der Lichtenbergschen Schriften steht weit abseits von dem, was man als literarische Hauptströmungen der Zeit bezeichnen könnte. Der erklärte »Selbstdenker« erweist sich hier konsequent auch als »Selbstschreiber«. Klischees und eingefahrene Stilmuster sind ihm ein Greuel. Von der Langatmigkeit der älteren Schriftsteller unterscheidet ihn die kühne Zuspitzung, die dem Publikum einiges abverlangte; den jüngeren Zeitgenossen steht er fern durch seinen Anspruch auf Sachlichkeit und Bezug auf die wirkliche Welt. Im letzteren Sinne wurden besonders die »Kraftgenies« der Sturm und Drang-Bewegung zur Zielscheibe von Lichtenbergs Literaturkritik: »Man schreibt [...] Romane aus Romanen [...] ohne im Stand zu sein oder auch nur den Willen zu haben, die Zeichnung endlich einmal wieder mit der Natur zusammen zu halten.«

Lichtenberg besaß zwar eine natürliche Sprachbegabung, doch auch sein Stil entwickelte sich nach Vorbildern. Die beiden Reisen nach England, die er unternahm, trugen hierzu einiges bei. Der Ausspruch »Ich bin eigentlich nach England gegangen um deutsch schreiben zu lernen« ist nicht nur ein Scherz. Die englischen Literaten – allen voran Shakespeare und Sterne – stellten ihm große Literatur vor, die die damalige deutsche weit überragte. Die englischen Gelehrten wiesen auf die Bedeutung der Naturbeobachtung hin. Lichtenberg verband beide Aspekte zu einem Fundament für seine zukünftige Arbeitsweise. Menschen studieren lernte er durch die neuen Eindrücke, die in der Weltstadt London auf ihn, den Kleinstädter aus Göttingen, einstürzten. Alles war hier anders – wie sollte man da nicht begreifen, daß die Erfahrungen jedes einzelnen sich jeweils zu einem eigenen Bild der Welt verdichteten? Daß sich nichts so abspielte, wie die Gelehrten in ihren Stuben immer behauptet hatten?

In England lernte Lichtenberg überhaupt vieles kennen, was ihn für den Rest seines Lebens prägte. Er wurde vom König empfangen und sehr gelobt – was ihn bis zum Lebensende für die aufgeklärte Monarchie einnahm. Er besuchte das Parlament und wunderte sich über die Offenheit, mit der Abgeordnete hier ihre Ansichten kontrovers disputieren konnten. Das schien Lichtenberg eine geeignete Form für einen bürgerlichen Staat. Zum Republikaner wurde er jedoch nicht, er blieb ein treuer Untertan. Und als man in Frankreich die Revolution begann, schien ihm das ein wenig übertrieben. Auch die Freiheit, in religiösen Dingen der Vernunft zu folgen, erlebte Lichtenberg in England deutlicher als in Deutschland, wo die theologische Orthodoxie ihren starken Arm noch in jedes intellektuelle Leben hineinstreckte.

Und schließlich war England das Land Newtons. Ihn als Begründer der neuen, empirisch orientierten Naturwissenschaft zu verehren, hatte Lichtenberg schon als Knabe gelernt. Er war zum Studium nach Göttingen gegangen, weil dort Newtons Lehre für deutsche Verhältnisse recht unvoreingenommen aufgegriffen worden war. Die Reise nach Großbritannien war nun wie eine Art Wallfahrt. Doch auch lebende Legenden unter den Naturwissenschaftlern führten hier die große Tradition fort. Lichtenberg begegnete Priestley und de Luc und wurde mit den Schriften Hartleys vertraut. Als er später in Göttingen seinen Beruf auf innovative Weise ausübte, orientierte er sich immer noch an dem, was er in England gesehen hatte. Die Experimentalphysik erhielt durch ihn einen neuen Rang – die Suche nach den ›Materien‹, von denen man annahm, daß sie die Gravitation, den Magnetismus, die Elektrizität und das Feuer transportieren, wurde nun zu einem anerkannten Forschungsgebiet der Physik. Hier versuchte Lichtenberg vor allem, die Ergebnisse seines englischen Vorbildes Priestley und die des Italieners Volta in den Schatten zu stellen – freilich ohne durchschlagenden Erfolg. Was von seinen Entdeckungen die Zeit überdauert hat, sind die sogenannten ›Lichtenbergschen Staubfiguren‹. Er hatte herausgefunden, daß sich Staub auf dem elektrisch geladenen Teil der Elektrisiermaschine, des »Elektrophors«, in durch Ladungen festgelegten Figuren absetzt. Die Göttinger Zeitgenossen interessierten sich mehr für die spektakuläreren Versuche: mit Blitzableitern, mit Drachen und mit kleinen Luftschiffmodellen in Ballonform. Andere experimentierten auf diesen Gebieten auf die Dauer mit größerem Erfolg. Was Lichtenbergs Leistungen jedoch so bedeutend macht, sind seine Aufgeschlossenheit für alle Anregungen sowie seine Fähigkeit, andere zur Neugier und zum Nachdenken anzuleiten.

☆ ☆

ZEITTAFEL

1742 1. Juli: Georg Christoph Lichtenberg wird als Sohn des Pfarrers Johann Conrad Lichtenberg und seiner Frau Catharina Henriette in Ober-Ramstadt geboren.

1745 Die Familie zieht in die Residenz Darmstadt.

1750 Besuch der Stadtschule.

1752 Eintritt ins Darmstädtische Gymnasium ›Pädagogium‹.

1758–61 Abitur und anschließender Besuch der ›Selecta‹ zur Vorbereitung auf das Studium.

1763 Stipendium durch den Landgrafen von Hessen-Darmstadt; Studienbeginn an der Universität Göttingen in den Fächern Mathematik und Physik.

1764/65 Beginn der Einträge in die *Sudelbücher*.

1766 Erste gedruckte Publikation: *Von dem Nutzen, den die Mathematik einem Bel Esprit bringen kan* im *Hannoverischen Magazin*.

1767 Beendigung des Studiums, Hofmeister bei englischen Studenten.

1770 April–Mai: Erste Reise über Holland nach England.

22. April: Begegnung mit dem König von England, Georg III., auf dessen Sternwarte in Richmond (»der glücklichste Tag meines Lebens«).

Außerordentlicher Professor an der Universität Göttingen; Lehrveranstaltungen vorerst nur privatissime.

1772/73 Reise nach Hannover, Osnabrück und Stade zu Vermessungszwecken im Auftrag der Regierung.

1774/75 Außerordentliches Mitglied der Königlichen Sozietät der Wissenschaften (spätere Akademie) in Göttingen.

Sommer 74 bis 31. Dezember 75: Zweite Englandreise.
In Abwesenheit Ernennung zum ordentlichen Professor.

1776 Erste öffentliche Vorlesung im Sommersemester.

1777 Erste Beiträge zum *Deutschen Museum*.
Begegnung mit der zwölfjährigen Maria Dorothea Stechard.

1778 Übernahme der Redaktion des *Göttinger Taschenkalenders* (gegründet 1776 von Erxleben).
Verleihung des Magistertitels.
Erste Vorlesung in Experimentalphysik.

1779 Ordentliches Mitglied der Sozietät der Wissenschaften.
Übernahme der Redaktion des *Göttingischen Magazins für Wissenschaft und Litteratur* gemeinsam mit Georg Forster.

1780 Lichtenberg nimmt Maria Dorothea Stechard in seine Wohnung auf.

1782 4. August: Tod der ›Stechardin‹.

1783 Verhältnis mit Margarethe Elisabeth Kellner, seiner Köchin.

1784 Die geplante Italienreise kommt nicht zustande.
Die erste von Lichtenberg herausgegebene und kommentierte (insgesamt die dritte) Auflage des ›Erxleben‹ (Johann Christian Polykaup Erxleben, Anfangsgründe der Naturlehre) erscheint.

1785 Die geplante Werkausgabe *Vermischte Schriften* wird nicht gedruckt.

1786 Geburt des Sohnes Georg Christoph.

1787 Geburt des Sohnes Christian Friedrich.

1788 Ernennung zum Hofrat des Kurfürstentums Hannover.

1789 Geburt der Tochter Christine Louise Friederica.
5.Oktober: Beginn der ›großen Krankheit‹; Eheschließung mit Margarethe Elisabeth Kellner und Adoption der drei vorehelichen Kinder.

Beginn des geheimen Tagebuchs ›Staatskalender‹.
1791 Geburt des Sohnes Wilhelm Christian Thomas.
1793 Geburt der Tochter Margarethe Elisabeth Agnese Wilhelmine.
Mitglied in der Royal Society, London.
1794 Die *Erklärung der Hogarthischen Kupferstiche* beginnt zu erscheinen.
1795 Geburt der Tochter Auguste Friederike Henriette.
Ablehnung eines Rufes an die Universität Leiden.
1797 Geburt des Sohnes Friedrich Heinrich.
1799 24. Februar: Tod Lichtenbergs.
1800 Der erste Band der *Vermischten Schriften* wird von Ludwig Christian Lichtenberg und Friedrich Kries herausgegeben.

Quellenhinweis

Die Textauszüge dieses Bandes sind folgenden Ausgaben entnommen:

1. Georg Christoph Lichtenberg: Schriften und Briefe. Hrsg. von Wolfgang Promies. Carl Hanser Verlag, München und Wien 1968 ff.
2. Göttinger Taschen Calender (1776–1813).

Heinrich Heine
im dtv

Sämtliche Schriften
Herausgegeben von
Klaus Briegleb
7 Bände in Kassette
dtv 59035

Mit scharfer Zunge
999 Aperçus und Bonmots
Herausgegeben von
Jan-Christoph Hauschild
dtv 2413

Essen und Trinken mit Heinrich Heine
Rezepte von
Jean-Claude Bourgueil
Textauswahl von
Jan-Christoph Hauschild
144 Seiten mit vielen
Farbabbildungen
Broschur mit
Umschlagklappen
dtv premium 24123

Buch der Lieder
Bibliothek der
Erstausgaben
dtv 2614

Deutschland. Ein Wintermärchen
Bibliothek der
Erstausgaben
dtv 2632

Klaus Briegleb
Bei den Wassern Babels
Heinrich Heine
Jüdischer Schriftsteller in
der Moderne
dtv 30648

Klassische Autoren in dtv-Gesamtausgaben

Sophie Mereau-Brentano
Liebe und allenthalben Liebe
Werke und autobiographische Schriften
Herausgegeben, ausgewählt und kommentiert von Katharina von Hammerstein
3 Bände im Schuber
dtv 59032

Theodor Mommsen
Römische Geschichte
Vollständige Ausgabe in 8 Bänden
dtv 5955

Friedrich Nietzsche
Sämtliche Werke
Kritische Studienausgabe in 15 Bänden
Herausgegeben von Giorgio Colli und Mazzino Montinari
dtv/de Gruyter 5977

Sämtliche Briefe
Kritische Studienausgabe in 8 Bänden
Herausgegeben von Giorgio Colli und Mazzino Montinari
dtv/de Gruyter 5922

Frühe Schriften 1854–1869
BAW 1-5
Reprint in 5 Bänden
Kassettenausgabe
Nachdruck der Ausgabe Friedrich Nietzsche: Werke und Briefe
Historisch-kritische Gesamtausgabe
dtv 59022

Arthur Rimbaud
Sämtliche Dichtungen
Zweisprachige Ausgabe
Aus dem Französischen übersetzt und mit einem Nachwort versehen von Thomas Eichhorn
dtv 2399

Georg Trakl
Das dichterische Werk
Auf Grund der historisch-kritischen Ausgabe von Walther Killy und Hans Szklenar
dtv 12496

François Villon
Sämtliche Werke
Französisch und deutsch
Herausgegeben und übersetzt von Carl Fischer
dtv 2304